뭐,
어때

홍미경 수필집

뭐, 어때

홍미경 수필집

초판인쇄일 | 2021년 11월 22일
초판발행일 | 2021년 11월 26일

지은이 | 홍미경
펴낸이 | 김명수
펴낸곳 | 도서출판 시아북(詩芽Book)

출판등록 | 2018년 3월 30일
주소 | 대전광역시 동구 선화로214번길 21(3F)
전화 | (042) 254-9966, 226-9966
팩스 | (042) 221-3545
E-mail | daegyo9966@hanmailnet

값 12,000원

ISBN 979-11-91108-29-3

* 이 책은 충청남도, (재)충남문화재단, 한국문화예술위원회에서 사업비를 지원 받아 발간되었습니다.

시아수필선 003
뭐,
어때
홍미경 수필집
시아북

프롤로그

내 책상 주위에는 아직 사 놓고 읽지 못한 책들이 무더기를 이루고 있다. 책상 밑과 옆에 차곡차곡 쌓여 있다. 전자책도 편리하기는 하지만 될 수 있는 한 종이책을 산다. 책을 사면 제일 먼저 표지를 손바닥으로 쓸어본다. 마치 사람과 악수하는 것처럼.

사람에게서 다양한 모습을 발견하는 것과 마찬가지로 책에서도 여러 얼굴을 발견한다. 인쇄된 활자는 변하지 않지만 내가 어떤 기분인가에 따라서 다른 이야기를 한다. 그래서 어쩌면 책도 살아서 나와 같이 세상을 살아가고 있는 것은 아닌가 하는 생각도 하게 된다.

책을 통해서 낯선 사람을 만나고 글로 그 사람의 은밀한 세계를 엿보다 보면 모두에게 얼마쯤은 괜찮은 부분이 있다는 것을 알게 된다. 뉴스에 등장하거나 인플루언서가 되지는 못해도 좀 괜찮은 사람들이 넘쳐나는 세상에 같이 어울려 살아가고 있다는 것도. 그래서 이 시대를 살아가는 모두가 자신 있게 말할 수 있었으면 좋겠다. 뭐, 어때.

2021년 11월

홍미경

차례

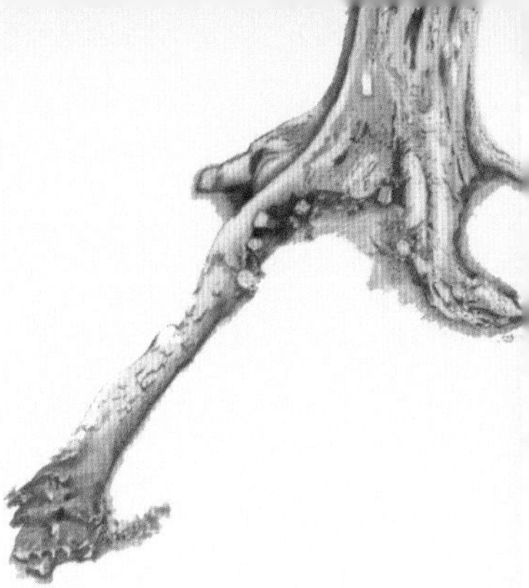

세 번째 이야기

네 번째 이야기

다섯 번째 이야기

첫 번째 이야기

Flower
flower
plant
delivery
Hong

생각하기 나름

작은 길과 큰 길이 만나는 모서리에 오래된 꽃집이 있다. 집에서 도서관을 가려면 지나야 하는 길이어서 매번 그 앞이나 건너편으로 다녔지만, 길가에 내놓은 화분들 말고는 특별히 눈을 끄는 것이 없는 가게였다. 도서관 초행자가 길을 물을 때마다 꽃집이 있는 길에서 꺾어 들어오라고 했지만, 한 번에 그 꽃집을 기억해내는 사람은 없었다.

이상하게도 나 역시 모서리 꽃집이라는 말 말고는 그곳을 어떻게 더 잘 설명할 수 있는지 생각이 나지 않았다. 대신 '모서리'라는 말이 포트키(지정된 장소로 이동되는 마법이 걸린 기물)가 되어 해리 포터와 케드릭을 볼드모트에게 데려다준 우승컵처럼 나를 과거로 보냈다.

식탁이 낯선 가구이던 시절이었다. 가족이 밥을 먹으려면 필요한 것, 밥상. 밥상은 밥 먹는 때를 제외하고는 좁은 주방을 빈번하게 다니는 가족의 동선에 방해가 되지 않도록 작은 틈새에 끼워져 있거나 벽에 바짝 붙어 있었다. 그러다가 삼시 세끼를 해결해야 하는 타이밍에만 접혀 있던 네 개의 다리를 기지개하듯이 하나씩 뻗을 수 있었다.

오래된 밥상은 상다리가 자주 삐걱댔다. 다리가 한 번에 안 펴지면 엄마는 안쪽에서 주먹으로 가볍게 톡톡 쳐서 억지로 편 다음 상을 뒤집었다. 그 위로 하얀 행주가 쓱쓱 지나가며 먼지를 닦았다. 그런 뒤에야 엄마의 음식들이 그 위에 하나둘씩 자리를 잡았다.

엄마가 반찬을 놓는 데도 나름의 규칙이 있었다. 상 가운데는 아직 불 위에서 끓고 있는 찌개를 위해 비워뒀다. 새로 만들어진 반찬은 아빠가 앉을 자리와 가깝도록 놓았고 나머지 반찬들은 적당한 자리에 놓았다. 수저통을 상 위에 올려놓고 나서야 엄마는 소리를 냈다.

"어서들 나와요!"

제일 먼저 도착한 사람은 자동으로 수저를 챙겼고 엄마는 밥을 펐다. 갓 지어진 밥이 각자 앞에 놓이고 그때까지 끓고 있던 찌개가 상에 놓이면 언제나 감탄사가 나왔다.

"맛있겠다."

수저가 동시에 찌개로 향했다. 엄마의 수저만 빼고.

"상 모서리에 앉지 말고 이만큼 돌아앉아."
"왜? 여기 앉으면 반찬 먹기가 편한데. 손이 다 닿는단 말이야."
"거기에 앉으면 복이 없다고 그랬어. 어른들이 모서리에 앉으면 모난 사람 된다고 그러셨다구. 이만큼 돌아앉아."

엄마는 매번 반찬과의 거리를 좁히려고 부러 모서리에 앉는 나를 당겨서 비켜나 앉게 했다.

사회생활을 시작하던 때는 반대였다. 직장에 서열이 있다는 것은 당연하다고 생각했지만, 그 서열이 업무장소 말고도 어느 곳에나 존재한다는 것을 회식 자리에서 배웠다.

첫 회식에 들떠 도착한 음식점에는 예약한 손님을 위해 기본 반찬들이 미리 차려있었다. 어디에 앉을까 고민하며 마음속으로 자리를 고르는데 가운데 비워 놓고 막내들은 저쪽에 앉으라는 중간 고참의 말에 따라 배정받은 자리가 모서리였다.

회식 자리에서 모서리는 확실한 임무를 배정받은 곳이었다. 추가 음식을 주문하고, 술이나 음료수가 떨어지기 전에 더 시키고, 주인에게 추가 반찬을 얘기하고, 마지막으로 식사를 주문받아 전달하는 곳. 지시하는 윗사람의 말이 떨어지기가 무섭게 문을 열고 주문하다 말하지 않아도 눈치껏 알아서 주문하는 자리. 암묵적으로 가능하면 빨리 다음의 누군가에게 물려주어야 하는 자리가 모서리였다.

어느 날 꽃집 앞을 무심히 지나는데, 가게 앞에 놓여 있던 화분이 모두 치워져 있었다. 장사가 안되어서 가게를 넘겼구나 하고 혼자 생각했다. 앞쪽으로 나무 데크가 놓이기 시작할 때는 어떤 새로운 가게가 들어올까 궁금했다. 외벽에 아이보리 페인트가 칠해졌고 마지막으로 분홍색 문이 달린 모습을 봤을 때는 참지 못하고 소식통으로 이름난 지인에게 전화를 걸었다.

"모퉁이에 있던 꽃집 자리 있잖아. 거기 새로 공사하고 있는데 어떤 가게 들어오는지 알아?"

나도 모르게 모퉁이 꽃집이라는 말이 튀어나왔다. 매번 과거의 기억을 불러왔던 모서리와 달리 모퉁이에는 피해야 하는 자리라는 엄마의 참견도 없고 될 수 있으면 빨리 다른 사람에게 넘겨야 하는 자리라는 사회의 훈수도 없었다.

단어 하나에 묶여 뿌리내리고 있던 편견을 거둬내자 이

제까지 별 특색 없던 가게가 다르게 보였다. 기울어진 길의 모양을 닮아 반듯하지 못한 앞모습도 정겨웠다. 모서리에 있어 눈에 띄지 않는 곳이 아니라 모퉁이를 돌아서면 무엇이 있을까 기대하게 하는 장소가 되었다.

예쁘게 단장한 가게는 다시 꽃집으로 돌아왔다. 모퉁이를 돌면 가게 앞에 놓인 예쁜 화분들을 볼 수 있을 것이라는 기대를 하게 하고 길을 묻는 사람에게 꽃같이 예쁜 꽃집이 보이는 길을 따라 들어오면 된다고 말하는 가게로 말이다.

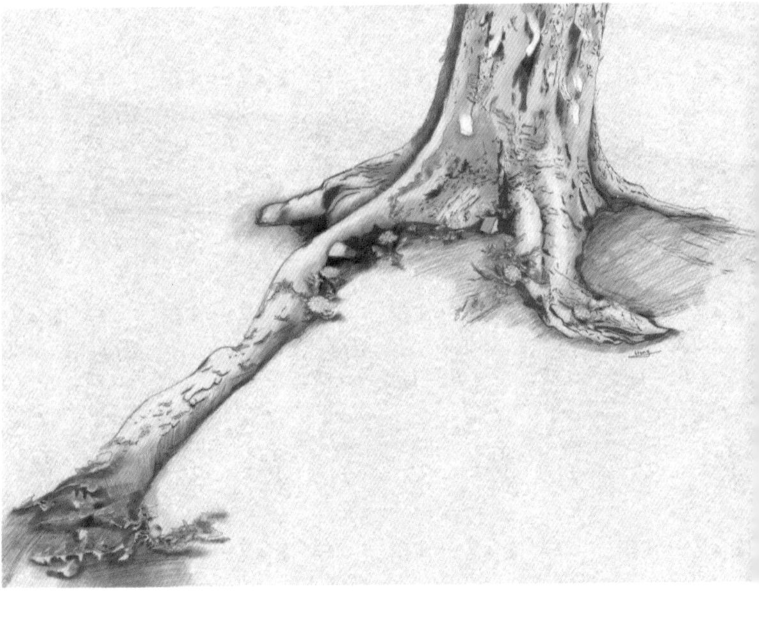

어디든 떠나면 여행이지

여행이 한 사람의 인생을 풍요롭게 하는데 필수조건이라고 생각한 적이 있었다. 백문이 불여일견百聞不如一見. 누가 들으면 케케묵은 사자성어를 들먹이는 것이 꼰대의 필수템을 장착했다고 할 수도 있지만 직접 경험해 보는 것이 제일이라는 말에 무조건 고개를 끄덕이던 시절이었다.

좀 더 솔직 하자면, 여행이라는 단어와 해외여행이라는 단어가 가진 허세가 나의 것이기를 바라는 마음도 일정 몫을 차지했다고 고백해야 한다.

그렇다고 지난 여행이 모두 의미가 없거나 호화스러운 것은 아니었다.

대부분의 여행에서 보통 마음으로 평범한 하루를 열심히 살아내는 사람들의 삶을 지켜봤다. 세속적인 욕심에서 벗어나지 못하는 나와는 사뭇 다른 그들을 향한 질투심으로 부러 그들의 모습을 외면하기도 했었다.

우연히 만난 가슴 뛰는 풍광에 스스로 겸허해져 나의 교만과 오만을 고백하며 특정 종교와 무관하게 신이라는 존재가 실재함을 믿었다. 낯선 곳에서 깊어진 무력감에 한껏 낮아진 자존감으로 짙어진 그림자를 끌고 다니다 보면 설기만 한 사람에게조차 따뜻한 손을 내밀어 일으켜 주는 이를 만나는 것이 여행이었다.

주인 손에 들린 간식에 길드는 반려동물처럼 여행이 주는 당근과 채찍에서 벗어나지 못해 여행의 피로가 사라지기도 전에 다음 여행 계획을 세웠다. 수많은 사람의 블로그 속에서 유용한 정보를 낚아채기 위해 매의 눈으로 문장을 샅샅이 뒤졌다. 비용을 아끼는 방법을 검색해보고 다양한 플랜을 세워가며 일정을 몇 번씩이나 복기했다. A, B, C. 그렇게 꺼지지 않고 타오르기만 할 것 같던 여행을 향한 불꽃은 의외의 계기로 한순간에 사그라들었다.

해외 단체 관광, 나와는 무관한 일이라 여겼던 일정 추진이 내 책임이 되었다. 일행에는 다수의 우선 배려 대상이 포함되어 있었고 취향조차 극과 극이었다. 여행을 가본 사람이라면 알 것이다. 가까운 사람과 여행 기간 내내 잘 지낸다는 것이 얼마나 어려운 일인지를. 더하여 모두가 100% 만족하는 여행은 불가능에 가깝다는 것도.

두 손 번쩍 들고 'die'를 외치고 싶었지만, 캡틴 아메리카처럼 아군의 영역에 떨어진 수류탄을 끌어안아야 했다.

고민 끝에 생각해 낸 해결책이 여행사였다. 혹여 여행일정이 마음에 들지 않아도 여행사가 방패가 되어줄 수도 있고 가족들을 하나하나 챙겨가며 이동하지 않아도 되리라는 꼼수가 깔린 비책이었다.

첫날. 나의 선택이 얼마나 탁월한가에 혼자 감탄했다. 입국절차를 마치고 짐을 찾아 나오니 우리를 기다리고 있던 한국인 가이드는 최단거리로 일행을 공항에서 구출했다. 다음으로 주차되어있던 미니버스에 짐을 싣게 하고 차에 탑승시켰다. 전문가 특유의 눈썰미로 재빠르게 일행의 숫자를 파악하더니 차를 출발시켰다. 동시에 탑승자들을 바라보며 해박한 현지 정보를 풀어놓았고 일사천리로 여행일정의 브리핑을 마쳤다. 도착한 호텔에서 숙소를 배정해주고 짐을 풀 시간을 주더니 저녁 시간을 공지했다. 불필요하게 신경 쓸 것이 하나도 없었다. 미리 정해진 식당, 숙소, 화려한 말솜씨가 주는 즐거움. 이전의 여행에서는 경험하지 못한 것이었다.

두 번째 날. 이동 거리가 멀어 이른 시간에 출발했다(중국이니까). 시작은 나쁘지 않았다. 그러나 이동 시간이 꽤 걸린다는 것이 그 시간 내내 쉬지 않고 얘기하는 가이드의 이야기를 들어야 한다는 것과 동의어라는 것은 고려되지 않은 변수였다. 방문지에 대한 설명을 마친 가이드의 설명은 자연스럽게 옵션으로 넘어갔다. 일행은 모두 난감해했다. 우리가 동조하는 기색이 없자 가이드는 2단계로 넘어갔다. 자신이 경제적으로 얼마나 어려운지, 관광업계의 현실이 녹록지 않음을 직설적으로 설명했다. 할 수 없이 추가비용을 내고 제시한 옵션을 받아들였다. 거기가 끝이었다면 좋았을 텐데 이번에는 쇼핑코스마다 물건 구매를 노골적으로 요구했다. 필요도 없는 물건을 몇몇이 돌아가며 구매해야 했다. 여행이 슬슬 불쾌하고 불편해지기 시작했다.

나머지 여행일정은 관광지를 돌아다니는 일이 피곤했다기보다 가이드가 계속 얘기하는 옵션과 쇼핑으로 지쳐갔다. 나중에는 차라리 돈을 걷어서 가이드 비용을 더 주는 것이 낫지 않겠다는 의견이 나왔다. 가이드에게 봉투를 건네면서 더는 옵션이나 쇼핑을 권하지 않았으면 좋겠다는 뜻을 전달해야 했다.

여행에서 돌아와서 기억에 남는 것은 까마득히 높은 빌딩의 투명한 바닥이 주었던 공포와 생활이 어렵다며 구구절절 설명했던 가이드의 개인사였다. 일행은 누구도 다음번 해외여행을 약속하는 형식적인 말조차 하지 않았다.

올봄은 유난히 민들레가 많이 보였다. 평생학습관을 오랜만에 찾은 날 잔디밭 여기저기에 피어있는 민들레를 따라 발걸음을 옮기는데 오래된 나무뿌리가 땅 위로 솟아 길게 뻗어있는 것이 눈에 띄었다.

뿌리라면 땅속에 있어야 하는데, 안타까운 마음이 들었

다. 어느 글에서 뿌리가 땅에 올라오는 순간 더는 뿌리의 역할을 하지 못하고 흙을 덮어주면 죽는다는 내용을 읽은 기억이 났다.

어째서 땅 위로 솟았을까 살피는데 그 틈새에 뿌리를 박고 피어난 민들레에 눈이 갔다. 넓은 잔디밭을 두고 민들레는 왜 저 틈새에 뿌리를 내리고 꽃을 피웠을까. 틈새에 길고 가는 뿌리를 깊이 내려 사람들이 쉽게 뽑지 못하게 하려는 것인가.

상상하기 좋아하는 나는 이야기를 만든다. 더는 뿌리 역할을 하지 못하는 나무뿌리와 좁은 틈새에 긴 뿌리를 내려 뽑히지 않으려는 민들레의 뿌리가 땅속 깊은 어느 곳에서는 얽혀 있을지 모른다.

나무뿌리, 민들레와 함께 땅속 여행을 떠난다. 큰 뿌리 옆에 작은 뿌리도 같이 만들고 벌레 친구도 사귀어가는 둘의 끈끈한 동거를 지켜보며, 비밀을 공유한다.

여행은 물리적인 거리가 정의해주는 것이 아니라 우연히 마주친 낯선 세상이 열어주는 것임을, 그렇게 알아간다.

무엇이 되지 않아도

그 사람의 입장이 되어보지 않고는 절대로 그 사람을 이해할 수 없다, 는 말을 들어보기도 전에 다른 사람이 되어보는 달콤한 상상에 맛을 들였다. 상대를 이해하고 싶은 마음이 아니라 다른 사람으로 살고 싶은 욕망이 출발점이었다.

그 처음에 '빨강 머리 앤'이 있었다. 초록 지붕에 대한 환상을 심어준 앤은 쉴새 없이 재잘대는 여자아이였다. 말 없는 매튜를 시작으로 마릴라까지 제 편으로 만들어 버린 매력 넘치는 아이기도 했다. 나도 예외가 아니어서 '주근깨 빼빼 마른'만 들려도 바로 TV 앞으로 달려갔다. (지금도 인터넷 검색을 하다가 '빨강 머리 앤'이라는 단어만 봐도 일단 클릭하고 본다.)

감질나는 전개에 다음 이야기가 궁금해서 참지 못하고 시리즈로 출판된 책을 다 읽었을 때 내가 '앤'이었으면 좋겠다는 바람이 생겼다. 불 꺼진 밤마다 이불을 턱까지 끌어 올린 다음 눈만 말똥말똥 뜬 채로 천장을 바라보며 맘속으로 빌었다.

내일은 초록 지붕 집에서 눈을 떴으면 좋겠어요.

밤마다 빈 소원은 한 번도 이루어진 적이 없었고 덩달아 초록 지붕 집의 근처에도 가보지 못했다. 낮에는 이런 소원은 이루어질 리가 없다는 이성으로 살았고, 밤에는 혹시 소원을 비는 방법이 잘 못 된 것은 아닐까 하는 환상으로 지냈다. 그래서 생각해 낸 방법이 현실의 사람과 바꿔 달라고 빌어보자 하는 것이었다.

앤을 대체할 인물 찾기에 돌입했다. 제일 먼저 떠오른 사람은 강경옥이었다. 강경옥은 당시 순정만화계를 새롭게 이끄는 작가로 어떻게 이런 이야기를 생각해낼 수 있을까 감탄을 부르는 나의 우상이었다. 독보적이었던 신일숙의 '아르미안의 네딸들'이라는 대작에 절대로 밀리지 않는 '별빛 속에'라는 작품을 쓴 작가로 책에 나오는 대사를 외우려고 책장을 덮었다 폈다 했다.

내일은 강경옥처럼 멋진 이야기를 만들 수 있게 해 주세요.

당시에는 강경옥이라는 이름만 알았기에 똑같은 사람이 되게 해달라고 비는 것은 위험부담이 크다고 생각했다.

몇 날 며칠을 같은 소원을 빌면서 꼭, 반드시, 제발, 한 번만 같은 단어를 돌아가며 덧붙였지만 아무런 변화가 없었다. 강경옥이 이문세, 헤르만 헤세, 왕조현, 류시화, 김완선, 카프카… 분야를 넘나들며 다양한 사람으로 바뀌었으나 변화는 없었다.

남들에게 들키지 않고 몰래 밤마다 치르는 이 의식을 누군가 봤다면 내 뒤통수를 한 대 쳤을 것이다. 비는 그 정성의 반만이라도 뭘 좀 하는 척이라도 해보라고.

다른 누군가로 살고 싶다는 열망이 인생을 달궜다가 식히기를 반복하는 동안 나는 입만 살았지 제대로 할 줄 아는 것은 하나 없는 사람이 되었다. 달궈진 쇠에 망치질 한 번 제대로 해 본 적이 없었으니 당연한 결과였는지도.

현실의 나를 바라보는 일은 우울했고 복잡했다. 그래서 몰두할 수 있는 무엇이 필요했고 그림을 시작했다. 타고난 소질도 없었고 화가를 꿈꿔본 적도 없는 시작이어서인지 그 시간이 즐거웠다. 궁금한 것도 많아졌다. 남들은 어떻게 그리는지, 어떤 색을 쓰는지. 그덕에 한 구멍으로 내려갔지만 수많은 곁가지가 만들어졌다. 민화, 수채화, 데생 …. 책으로, 동영상으로 여러 선생님에게도 배웠다.

그림을 그리면서 타고난 재능을 가진 사람들이 얼마나 넘쳐나는지를 직접 보았다. 그 재능이 탐나게 갖고 싶었지만, 이번엔 소원은 빌지 않았다. 재능을 가진 사람들만큼이나 열심히, 될 때까지 하는 사람들도 많다는 것 역시 두 눈으로 직접 확인했기 때문이었다. 10년이라는 시간을 보낼 때 즈음에는 재능보다 무서운 것이 묵묵하게 견디는 힘이라는 것을 배웠다.

거기에 5년을 더 보태는 지금 나는 그림으로 무엇이 되지 않았다. 앞으로도 무엇이 될 것 같지는 않다. 그렇다고 그동안의 시간이 아깝다고 생각해본 적은 없다.

내가 생각하는 것과 가깝게, 머릿속에 있는 것을 손이 표현할 수 있게, 해보겠다는 마음만이 있다. 내가 파 내려간 우물에 갇혀 있다 보면 다른 사람들이 나와 내 그림을 바라보는 시선에서 벗어나게 된다. 다른 사람의 평가를 두려워하지 않고 스스로 만족하는 즐거움을 알게 되었다.

나와 큰 관련이 없을 것 같던 전시회를 찾아다니면서 발견한 이런 색과 저런 형태를 눈에 담아 두었다가 '어떻게'라는 방법을 발견하기 위해 반복하는 노력의 순간들, 자체로 행복하다.

그리고 무엇보다 그 시간은 같이 걸을 수 있는 사람들을 만날 수 있는 행운을 주었다. 모든 일에 꼭 결과를 내야 한다고 말하지 않고 무엇이 되지 않아도 된다고 생각할 수 있게 해 주는 사람들이 있다.

사진으로 만난 소녀의 눈빛에서 나는 같은 마음을 읽었

다. 직접 꺾은 듯한 노란 꽃을 왼손 마디가 굽을 정도로 힘을 들여 쥐고 있는 어린 소녀의 눈빛은 다른 사람의 시선으로부터 자유로운 당당함 그 자체였다(만약 그렇게 느껴지지 않는다면 순전히 그림으로 표현하지 못한 나의 탓이다).

소녀의 사진을 오래도록 핸드폰 갤러리에 보관하고 있다가 그림으로 옮기기 시작하면서 누구나 그 자체로 존중받는 세상을 향한 바람도 같이 담았다.

세상의 모든 탐험가에게

대화가 잘 이어지다 자연스럽게 던진 한마디에 갑자기 왜 이래, 라는 말로 일행이 나를 밀어내면 이러면 안 되나, 하는 생각이 들면서 덩달아 내가 타인처럼 설게 느껴질 때가 있다. 깜빡깜빡하던 전구에 번쩍 빛이 들어오듯이 정신 차리고 난 원래 이런 사람인데, 항상 이래왔는데 큰 소리로 우겨보고 싶은 마음도 치밀어 오른다. 하지만 이내 정말 그랬었나 하는 생각이 다시 치고 올라오는 통에 슬그머니 뒤로 물러서며 웅얼거린다. 원래 그랬어, 난. 그리고 떠오르는 질문 하나.

누군가를 다 안다는 것은 가능한 일일까.

사람은 모든 면에서 다면체 생물이라는 것이 나의 생각이다. 다면체라고 하면 무조건 복잡한 도형이 머릿속에서 빙글빙글 돌아가는 모습을 상상하기 쉽겠으나 이것 빼고 저것도 지우며 버릴 수 있는 것들을 휙휙 던지면 4면체로 줄일 수 있다.

먼저 육체. 사람을 가장 단순한 형태로 파악하는 전문가를 꼽자면 목욕탕 세신 업종에 종사하는 분들이 제일 먼저 떠오른다. 앞면, 측면, 반대쪽 측면, 마지막으로 뒷면.

다음은 정신. 눈으로 확인할 수 없다는 불리한 점이 있지만, 이쪽도 역시 4개로 구분할 수 있지 않을까, 싶다. 내가 알고 있는 나, 남이 알고 있는 나, 나와 남이 동시에 알고 있는 나, 나도 남도 모르고 있는 나.

우리나라는 아니지만, 미국의 서부개척 시대에는 '홈스테드 법'이 있었다. 미국 정부가 서부 지역을 개발하기 위해서 땅을 무상으로 제공하겠다고 공표한 것이다. 동부 지역에 정착한 사람들을 거친 황무지이면서 들소 떼가 점령한 서부로 불러들이기 위한 묘책이었다.

이 법에 따라 '랜드 러쉬'가 생겼다. 톰 크루즈 주연의 영화 '파 앤드 어웨이'를 보면 이해가 쉽다. 12시 정각에 맞춰 발사되는 대포에 맞춰 말을 탄 사람들이 깃발을 들고 질주한다. 원하는 땅에 깃발을 최초로 꽂으면 그 땅의 주인이 된다. 그래서 달리는 사람들에게 중요한 것은 주인이 되는 것이다. 주인이 된 땅에 대해서 아는 것은 나중의 문제다. 그래서 그들은 탐험가다.

사람이 사람을 안다고 할 때, 나는 이 '랜드 러쉬'를 떠올린다. 한 사람이 가진 정신세계는 아직 개척되지 않은 서부와 다르지 않다. 온전히 혼자서 구축해온 세계가 아니기에 더욱 그렇다. 살면서 만난 다른 사람들과 주고받은 영향으로 복잡해지고 다양해진다.

그래서 누군가를 안다는 말에 상대를 완전히 이해한다거나 파악했다는 단어는 포함될 수 없다. 그런 것들은 당사자들도 경험하지 못할 것이기 때문이다.

그러니 한 대상에 대해 나와 남이 동시에 고개를 끄덕이는 교집합의 부분이 적은 것이 너무도 당연하다. 다행이라면 동전을 뒤집으면 뒷면도 있다는 점이다. 교집합이 적다는 것은 아직 탐험해야 할 곳도, 개척해야 할 곳도 많다는 의미가 된다. 세상에 대한 탐험을 완벽하게 끝낸 탐험가를 상상해보자. 온몸을 짜릿하게 감싸는 성취감도 잠시 남은 시간에 무엇을 해야 할지 몰라 일생을 방황하면서 보내지 않을까.

누군가를 알아보겠다는 마음을 먹고 미지의 영역을 향해 여행을 떠나겠다 결심한 사람이 있다,고 가정해보자. 결심은 했지만, 첫발을 떼는 건 쉽지 않다. 이 여정에서 무엇을 만나게 될지 정보가 부족하기 때문이다.

불확실한 것들을 헤치고 나가야 한다는 사실은 누구에게나 두려움을 안겨준다. 스타트 존에 서서 '당신은 이제 미개척 지대로 진입합니다.'라는 멘트를 듣는 순간 가장 필요한 것은 믿음이다. 이 탐험을 선택한 자신을 믿는 것이고 탐험 장소를 내어준 상대를 믿는 것이다.

미개척 지대로 나아가는 모든 탐험가에게 나는 두 가지를 이야기하고 싶다. 하나는 용기 낸 당신들을 지지한다는 것이다. 시도해 보지 않은 사람은 절대로 알 수 없는 세상을 만나게 될 것이다. 처음 예상과 결과가 일치하지 않는다고 하더라도. 더불어 당장은 알지 못했지만, 시간이 흐른 뒤에 알게 되는 것들도 있다는 사실을 기억했으면 좋겠다. 아무것도 없는 사막이라고 생각했던 곳에서 훗날 짧게 내린 소나기에 가장 아름다운 꽃이 필 수도 있다.

이야기하고 싶은 또 하나는 절대로 조급하게 생각하지 말라는 것이다. 탐험에는 정답이 있을 수 없다. 우리는 보물을 손에 쥐기 위해서 탐험을 떠나는 것이 아님을 기억해야 한다. 내면에서 솟아나는 불안이 믿음을 흔들 때 차분히 앉아서 조금 더 깊은 안쪽에서 나오는 말에 귀 기울이기를 권한다.

마지막으로 나는 말 대신 따뜻한 차 한 잔을 같이 나누고 싶다. 식도를 따라 내려가 심장보다 더 깊숙한 곳에 고여 있는 피를 뜨겁게 달궈 줄 차를 준비할 것이다.

당신들은
마음에 드는 티팟을
고르기만 하면 된다.

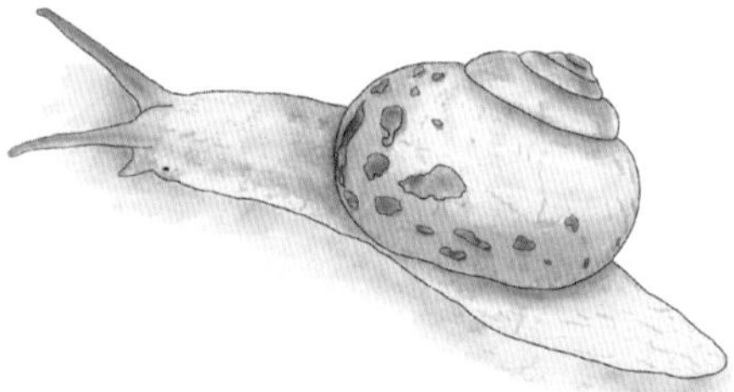

달팽이답게 달려

성긴 비가 오는 날, 우산 들고 낯선 마을 길을 걷다가 열심히 달리고 있는 달팽이 한 마리를 만났다.

달팽이가 달린다고?
기어가는 달팽이라는 말이 맞지 않아?

테오는 달팽이다. 다른 달팽이와 다른 점이 있다면 자동차경주에 푹 빠져 있다는 것이다. 형 체트는 테오에게 충고한다.

적당히 좀 해. 네 꼴 좀 보라고. 이러니까 다들 너를 비웃지. 네가 자초한 일이라구. 그놈의 스피드 타령 좀 그만하라고. 너는 달팽이야.

체트는 다른 달팽이들과 다른 동생이 늘 걱정이다. 왜 다른 달팽이들처럼 살지 못하고 항상 도달할 수 없는 꿈을 꾸며 스스로 남들이 비웃는 대상이 되는지, 동생을 도저히 이해할 수 없다. 동생이 달팽이라는 사실을 받아들이기만 하면 훨씬 행복해질 수 있다고 생각한다. 달팽이라는 존재는 느리고 답답하다는 것을 동생이 빨리 받아들였으면 한다. 그런 형에게 테오는 말한다.

난 원래 이래.

평범하게 사는 것이 행복해지는 방법이라고 생각하는 체트와 잘 사는 것이 무엇인지를 모르겠다는 테오는 영화 《터보》의 등장인물이다.

계속해서 하던 영화 이야기를 계속하자면, 달팽이답게 살아야 한다고 생각하는 체트는 우연히 빨리 달릴 수 있는 능력을 얻은 테오가 여전히 걱정이다. 달팽이답지 않은 능력은 갑자기 왔던 것처럼 또다시 갑자기 사라질 수 있다고 믿는다.

테오, 만약 내일 아침 눈을 떴는데 초능력이 사라지고 없으면 어떻게 할 거야.

심각한 체트와 달리 테오의 대답은 가볍다.

오늘 할 수 있는 걸 해야겠지.

체트에게 테오는 자신이 돌봐야 하는 대상이다. 스스로 어른이라고 생각하고 불가능한 꿈을 꾸는 동생이 상처받지 않도록 돌보는 일이 자신의 책임이라고 생각한다.

테오가 달팽이다워지기를 바라는 체트는 '나'의 모습이기도 했다. 아이가 태어났을 때 나는 부모란 아이가 경험할 수 있는 모든 위험성을 제거해 주어야 하는 존재라고 생각했다. 내 기준으로 아이에게 쉴 새 없이 하지 말아야 할 것들과 해야 할 것들을 구분해주었다. 그것이 내가 생각하는 사랑의 방식이었다.

그러나 그것은 내가 생각하는 사랑이었지 아이가 원하는 사랑은 아니었다. 사사건건 무엇을 잘못했는지 가르치는 나에게 아이는 테오처럼 말했다.

참 기운 나는 말만 하네.

그때마다 내가 하는 말은 하나였다.

너도 살아봐. 내 말이 옳다는 걸 알게 될 거야.

내가 경험한 세상은 그랬으니까. 경험이 얼마나 큰 재산인지 어린 너는 짐작도 못 할 것이라는 얕봄이 내재 되어 있었지만 잘못하고 있다는 생각은 손톱만큼도 들지 않았다. 나는 성숙한 어른이었고 어른이란 모든 문제에서 옳고 그름을 완벽하게 가를 수 있는 존재였으므로(그렇게 생각했었으므로).

형의 걱정에도 테오는 스스로를 '터보'라고 이름 짓는다. 우연히 갖게 된 초능력을 이용해 자동차경주의 선수로 참가하는 기회도 만든다. 험난한 경기였지만 포기하지 않고 1등으로 결승점을 통과할 것이라고 안심하는 순간 껍질이 깨지면서 초능력이 사라진다. 모든 것이 끝났다고 생각한 것도 잠시, 테오는 달팽이답게 달린다. 그렇게 자신의 힘으로 우승한다. 체트가 항상 원했던 달팽이답게.

어른의 세상에 한 치의 흔들림이 없는 확신만 있지 않다는 것은 조금 더 세상을 경험한 후에 알게 되었다. 어른이 되어서도 얼마든지 흔들릴 수 있으며 누구나 같은 경험을 하면서 살지 않는다는 사실도 여전히 배우는 중이다.

사실 테오가 자신의 방식으로 결승점을 통과할 수 있었던 것은 체트의 응원이 있었기 때문이다.

테오, 끝까지 달려. 너는 할 수 있어. 너는 타고난 레이서라고. 넌 원래 그런 사람이야. 내 동생은 절대 포기하지 않아. 그게 너의 가장 멋진 점이야. 터보.

모든 사랑이 항상 바르게 전달되지는 않는다. 내가 하는 말이 맞는 것이라고, 내가 옳다고 고집하는 것은 올바른 사랑이 아니다. 내가 옳다고 생각하는 것은 다르지만, 너의 방식대로 해 보라고, 스스로의 이름을 찾아보라고 말하는 것이 조금 더 현명한 사랑이라고 지금 내가 통과하는 어른의 세계는 알려준다.

어느 것도 예외 없이

쇼핑왕은 아니지만, 이런저런 핑계 삼아 가끔, 어쩌다 혼자 쇼핑몰 구경을 다닌다. 굳이 쇼핑몰까지, 하고 묻는 사람이 있을 수 있으나 쇼핑몰을 선호하는 나름의 이유가 있다.

일단, 가게 옆이 바로 가게라 시간을 아낄 수 있다. 입점 가게들이 체인이라 주인의 개성으로 선택된 물건을 발견하는 즐거움을 누리기는 상대적으로 어렵지만, 대신 유행을 확인할 수는 있다. 덤으로 한 손으로 핸들을 돌리며 후진하는 능력이 없어 후방 카메라에 전적으로 의지해야 하는 운전자인 나를 위해 빈칸이 많고 넓은 주차장을 가지고 있다. 이 밖에도 기타 등등의 이유가 있다.

고등학교까지 일 년에 두 번, 봄과 가을이면 항상 소풍을 갔다. 소풍 장소야 늘 뻔했으나 소풍 자체는 언제나 모두를 들뜨게 했다. 개인기가 많은 소수는 장기자랑 준비에 몰두했다. 나머지 다수는 우승 후보를 좁혀가는 재미를 즐겼다.

소풍 당일 장기자랑에 나선 친구들의 예상치 못한 실수에 웃고 기대 이상의 무대에 박수를 보내다가 재료는 같아도 모양도 크기도 다른 김밥을 나누어 먹는 동안 선생님들은 이곳저곳에 상품이 적힌 쪽지를 숨겼다. (한 번만이라도 그 쪽지를 찾아 선생님께 가져가고 싶었지만 성공한 적이 없었다.)

쇼핑몰 구경은 보물찾기와 비슷하다. 취향 저격의 물건을 찾는다는 점, 도 이유지만 가게에 숨겨진 비밀 코드를 발견해야 한다는 면에서도 그렇다.

같은 종류의 물건을 팔아도 가게마다 진열하는 방식이 다르다. 예로 옷 파는 가게를 전부 돌아본다고 해보자.

똑같이 옷을 팔아도 종류가 기준이 되는 곳이 있고 색상이나 옷감, 디자인이 기준이 되는 곳도 있다. 색을 기준으로 삼는다고 해서 모두 같은 것도 아니다. 같은 색 안에서 옷의 종류별로 차례로 걸어 놓는가 하면 무심하게 섞어서 걸기도 한다. 그러데이션 하듯이 미묘한 색 변화까지 신경 써 진열하는 곳이 있는가 하면 보색과 같이 걸어 색을 대비시키기도 한다. 심지어 강렬한 색상의 옷걸이까지 동원하는 곳도 있다.

옷을 어떻게 진열하는가는 대부분 가게의 매니저가 결정한다. 하지만 순수하게 매니저의 취향이 반영된 결과는 아니다. 가게의 목적은 판매. 매니저의 경험에 의지해 판매를 높일 수 있는 디스플레이가 완성되는 것이다.

그래서 내게는 개성 있는 디스플레이가 매니저가 숨겨 놓은 보물이 적힌 쪽지와 똑같게 느껴진다. 쪽지를 다 숨긴 선생님이 우리에게 쪽지를 찾으러 출발해도 좋다고 말씀하시던 순간처럼 내가 가게 문을 열고 들어서는 순간마다 매니저가 게임의 시작을 알린다.

자, 이제 왜 이렇게 진열했는지 한 번 맞춰 봐.

이런 놀이에 정답이 없다고 생각하지만, 꼭 답이 듣고 싶을 때면 힌트를 기대하며 슬쩍 매니저에게 묻기도 한다.

여기 진열이 좀 독특하네요.

이런 습관 탓인지 인테리어 디자인이 호기심을 불러일으키는 곳을 발견할 때마다 똑같은 놀이를 한다. 벽에 걸린 그림이나 구석에 놓인 정체를 짐작하기 어려운 소품들을 살펴보고 주인이 그곳에 놓은 이유를 짐작해 보려고 하기도 하고 '나였다면'이라는 가정으로 가상의 재배치를 해보기도 한다.

최근 가까운 곳에 브런치 카페로 평점이 좋은 곳이 있으니 같이 가보자고 지인이 권유를 받았다. 과수원 사잇길, 좁은 길을 통과해 도착한 음식점은 예뻤다.

낭만이 담긴 길과 건물의 외관에 별점을 후하게 주고 건물 안으로 들어섰는데 내부는 더 마음에 들었다. 시야에 거슬리는 것 없이 널찍한 공간에 자잘하게 나누어 달린 창문과 창문을 통해 보이는 풍경이 그림처럼 보였다. 음식 맛은 특별하다고까지 할 정도는 아니었고 가격은 조금 사악하다는 생각도 했으나 좋은 공간에서 기분 좋은 시간을 보낸 탓에 평점이 높은 이유에 공감할 수 있었다.

계산을 마치고 음식점 주변 탐색에 나섰다. 시야를 가리는 것 없이 탁 트인 앞마당을 천천히 지나 뒤쪽으로 넘어오는데 작은 나무 한 그루가 눈에 들어왔다. 고흐의 그림에서 본 듯한 사이프러스처럼 뾰족하고 가느다란 나무였다.

꽃을 거의 다 떨구고 잎을 빼곡히 채우고 있는 영산홍 군락이 왼쪽에 있었고 뒤편으로는 배나무들이 무리 지어 잎을 달기 시작하는데 유독 작고 왜소한 나무는 단 한 그루만 다른 나무들과 거리를 두고 서 있었다.

너는 왜 이곳에 혼자 서 있니?

대답 없는 나무와 눈싸움 한판을 벌이는데 저수지에서 불어오는 바람이 제법 세어진다 싶더니 나무들이 모두 바람이 통과하는 방향으로 똑같이 가지를 젖혔다. 영산홍도 배나무도 혼자 서 있는 작은 나무도.

겉모습은 달라 보여도 본질은 다르지 않은 경우가 많다. 어느 것도 예외 없이 바람이 불면 같은 방향으로 눕고 가게에 오는 손님의 마음을 얻고 싶다.

모든 진리는 그 반대도 마찬가지로 진리이다

– 헤세, 『싯타르타』

두 번째 이야기

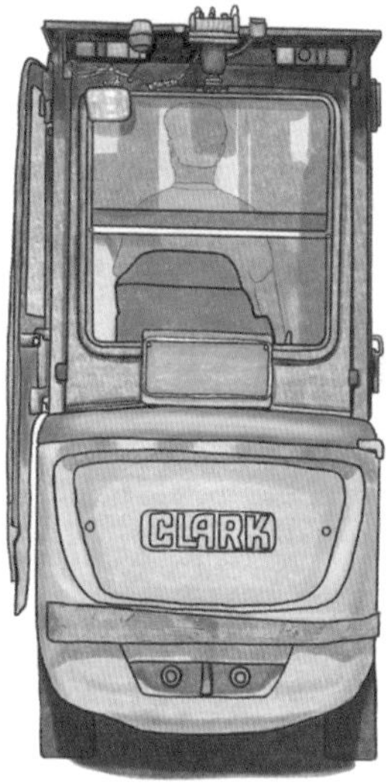
CLARK

마이웨이

동거하는 책이 꽤 된다. 책 때문에 넓은 집으로 이사했다는 유명한 평론가와 비할 바는 아니지만, 책을 정리할 곳이 부족해 집안 여기저기에 책을 쌓아 두는 것이 현실이다.

한때는 가지고 있는 책을 보기 좋게 정리해 보겠다는 제법 큰 목표에 도전했으나 거창한 시작과 달리 끝은 흐지부지됐다. 지금은 책의 제목을 기준으로 자음 순서로 대충 구분해 놓은 정도로 만족하고 있다.

단 두 분야의 책들만이 이 규정에서 열외다. 하나는 잡지류이고 다른 하나는 취미서적(관심을 두었던 혹은 두고 있는 분야의 책이라는 표현이 더 맞긴 하지만 너무 긴 관계로 편의상 취미서적으로 쓴다.)이다.

그중 취미서적은 나의 스승이다. 일단 궁금한 것이 생기면 습관적으로 책부터 산다. 안타깝게도 동네에 큰 서점이 없어 인터넷을 이용한다. 펀딩 사이트에서 프로젝트를 탐색하기도 하지만 대부분은 자주 접속하는 인터넷 서점을 이용한다.

책을 고르는 데는 나름의 기준이 있다. 먼저 카테고리를 선택한 후 신상품 순으로 정렬한다. 경험상 취미 분야의 책들은 가장 최근에 나온 책을 선택하는 것이 좋다. 다음으로 미리보기가 허용되는 한 꼭 내용을 확인하고 구매 결정을 한다. 만약 미리보기가 안 되는 책이라면 목차라도 확인한다. 대신 최신상품이기 때문에 후기나 판매지수는 별로 염두에 두지 않는다.

종이 오리기, 가죽공예, 북 바인딩, 재봉틀, 캘리그라피, 코바늘뜨기 등등등을 책으로 배웠다. 모두 수준급에 올랐느냐 하면 당연히 그렇지 않다. 적당히 혼자 노는 재미를 느낄 정도의 레벨에 도달한 것도 있지만 여전히 안개 속에 남겨진 것들도 많다. 몇몇은 관심 리스트에서조차 삭제되기도 했고 아주 적게는 취미가 노동이 되는 지점에 있는 것도 있다.

취미서적 순례의 시작부터 지금까지 같이 한 동반자가 있는데, 바로 그림이다. 우연히 산 수채화 책에서 히말라야 양귀비를 처음 봤다. 이전까지는 파란색 꽃은 상상도 못해봤었다. 책에 그려진 명징한 파랑 꽃잎이 실제 눈앞에서 흔들리는 것처럼 나를 홀렸다.

초등학교부터 고등학교까지 학교 미술 시간 이외에 그림을 그려본 적도 없었는데 무모하게 스케치북, 물감, 붓부터 샀다. 일부러 전문가용이라고 붙어 있는 재료들을 고르면서 벌써 다 완성된 그림을 상상했다. 인간 복사기처럼 책과 똑같은 그림을.

상상과 달리 현실에서의 그림은 성공하지 못했고 필수코스처럼 학원을 찾았다. 선생님은 내 눈에도 부족한 그림을 취미반이라고 무조건 잘 한다고 하셨다. 데생, 소묘, 색연필, 드로잉, 수채화, 컬러믹싱 등등의 책을 샀다. 스승은 늘었으나 실력은 제자리였다.

스케치가 잘 못 된 것 같은데, 명암도 부족해 보이는데, 다른 색이 더 들어가면 좋지 않을까, 하는 친절한 말에도 자신감이 쪼그라들었다. 절대 음감처럼 보이는 대로 색을 정확히 표현하고 스케치를 완벽하게 하는 절대 색감의 사람이 현실에, 그것도 바로 가까이, 여럿 있다는 것을 확인할 때마다 내가 왜 그 범주에 포함되지 못하는지, 자존감이 낮아졌다. 태연한 척, 부럽지 않은 척했지만 실제로는 괜찮지 않았다.

요즘은 전공하지 않은 사람들이 그림을 그린다고 이런저런 활동을 해요. 그래도 전공한 사람하고 안 한 사람은 틀리거든요.

괜찮지 않은 마음에 괜찮지 않은 시선이 더해지니 한 방 제대로 맞고 뒤집힌 딱지가 된 기분이었다. 사람들에게 인정받지 못하는 것이 서글펐다. 나에게는 싫은 말이었으나 틀린 말은 아니었다. 실력이 부족한 것도 사실이었고 미술을 전공하지 않은 것도 팩트였다.

인터넷 서점의 '지금, 이 책' 코너에 올라온 <그림 그리는 할머니 김두엽입니다>라는 책이 눈에 띄었다. 83세에 그림을 시작해 94세가 된 김두엽 할머니는 "공부를 많이 한 사람들 그림보다 느낌이 훨씬 더 좋아요."라는 화가 아들의 칭찬에 지금까지 즐겁게 그리고 싶은 것을 그린다고 했다. 할머니의 그림을 본 사람들은 할머니만의 방식으로 완성된 그림이 좋아 보이고 아름답다고 말한다.

나는, 그러지 못했다. 그리고 싶은 것을 그리는 즐거움을 알기도 전에 그림이 잘 그린 그림처럼 보이기 위해 어떻게 그려야 하는가를 배우는데 시간을 더 쏟았다. 그림에 입체감을 주기 위해 알아야 한다는 명암의 단계를 외웠고 가장 안정적으로 보인다는 비율의 숫자를 외웠다. 손으로 그리는 시간보다 책에서 눈으로 배우는데 더 많은 시간을 쏟았다. 남들의 눈에 드는 그림을 그리고 싶어 발버둥 쳤으니 다른 사람들도 그에 걸맞은 말들을 되돌려 줄 밖에.

편도 2차선 길에서 한참 낮아진 규정 속도에도 모자란 숫자로 달리는 지게차 꼬리를 물었다. 맘은 급한데 추월도 쉽지 않아 운전석에 앉아 속만 태웠다. 운전대에 집게손가락을 타다닥 튕기며 지게차 운전자 뒤통수에 레이저 눈빛을 보냈다. 내 마음과 상관없이 지게차 운전자는 태평하게 '마이웨이'다. 별수 없이 뒤를 졸졸. 더디 가는데도 아무도 빵빵대지 않았다. 지게차란 원래 속도를 낼 수 없는 차이니까, 라고 인정하는 듯이.

취미라는 말에는 '전문적으로 하는 것이 아니라 즐기기 위해 하는 일'이라는 뜻 말고 '아름다운 대상을 감상하고 이해하는 힘'이라는 의미도 있다. 나는 아름다운 것을 좋아한다(~~누구는~~ 싫어할까). 어떤 이는 내 이름이 아름다울 미에 공경할 경이라서 그렇다는 사람도 있었는데, 뭐 그렇게까지 멀리 가지는 말고 내 눈에 아름다운 것을 내가 할 수 있는 만큼 그리려 한다. 시키지도 않은 일을 혼자 만들어 ~~끙끙~~대냐는 가족들의 타박에도 마이웨이를 ~~꿋꿋~~이 간다. 가끔 소용 있는 것들을 생산해내지 못한다는 눈칫밥을 먹기는 하지만 내 방식대로 산다.

안으로 열 걸음 먼저

경사로 기피증으로 등산은 될 수 있는 한 멀리하고 산다. 영감의 원천이라는 산책은 평지에서도 충분히 즐길 수 있다고 스스로 세뇌하며 지낸다. 같이 산에 한 번 가자는 권유는 대상자가 누가 되든 될 수 있는 한 거절하는 편인데 간혹 '그럴까?'라는 애매한 대답이 승낙으로 둔갑하는 경우가 생긴다.

H와의 등산도 그렇게 시작되었다. 큰맘 먹고 일 년에 한두 번 시도하는 산타기가 외줄 타기만큼 불안하기는 했으나 불평 없이 하루를 마치자고 현관문을 닫으며 혼자 비장했다. 그런데 막상 도착해보니 그런 거창한 과정이 머쓱하게 느껴질 정도로 등산로는 초입부터 길이 평탄하게 잘 닦여 있었다.

오른다는 표현보다 걷는다는 말이 더 어울리는 길이어서 적당한 산그늘 아래, 이제 막 잎을 틔우기 시작한 산 식구들 구경하는 일이 즐거웠다. 계속해서 괜찮지, 오기를 잘했지, 하면서 묻는 H의 말에도 고분고분 긍정의 시그널을 되돌려

주었다.

세상 소리가 조금씩 멀어진다 싶을 만큼 걸으니 평탄한 길도 피곤해지기 시작했다. 저질 체력 탓에 몸이 무거워졌고 따라서 산그늘도 짙어졌다. 고개를 들어도 하늘을 제대로 보기 어려웠다. 서늘한 바람이 나뭇잎 새새를 돌아다니며 스산한 소리를 만들어냈다. 놓치면 아까운 핑곗거리가 제 발로 걸어왔다 싶어 얼른 낚싯바늘에 꿰었다.

"겉옷 하나 가져왔어야 했나 봐. 좀 춥지 않아? 위에 올라가면 더 춥지 않을까?"

H는 코웃음을 지었다. 조금만 더 올라가면 머리 벗어지게 해 들어오는 길이 나온다며 내 말을 가볍게 무시하더니 나란히 걷던 길을 반걸음쯤 앞서가기 시작했다. 자꾸 거칠어지는 숨소리를 무기 삼아 꾸역꾸역 뒤따라가는데 산을 울리는 새소리가 들렸다. 멈춤을 모르는 H를 잡아 세울 두 번째 핑곗거리라는 직감이 들었다.

"저거 무슨 새야? 소리가 이쁘네."

이번에는 H가 뒤를 돌아봤다. 가던 걸음을 멈추고 소리 좋지, 라고 대답했지만 무슨 새인지는 알지 못한다고 했다.

조금 걸걸하고 굵직한 소리가 산을 울리더니 곧이어 가볍게 튕기는 길고 가는 소리가 뒤따랐다. 가쁜 숨을 고르는 것도 잊을 만큼 기분이 좋아지는 소리였다.

"사람들이 이래서 새를 가까이 두는가 봐. 소리만 들었는데도 힐링이 되는 느낌이야."

H도 내 말에 고개를 끄덕였다. 유윤종 작가는 <클래식, 비밀과 거짓말>이라는 책에서 새가 목으로 내는 소리는 두 가지로 분류할 수 있다고 했다. 정교한 소리인 노래(Bird song)와 음량이 큰 대신 음형은 단순한 신호(Bird call)가 그것이다. 인간은 특별히 새의 노래에 매료되어 그 소리를 음악으로 옮기는 모방을 시도했는데 얼마나 매혹되었는지 순전히 새를 위한 음악작품을 만든 음악가도 존재한다고 한다.

주변에도 새의 노래처럼 유난히 밝은 에너지로 사람을 끄는 사람들이 있다. 같이 있으면 즐겁고 행복해지는 사람, 언제 만나도 반가운 사람, 만날 때마다 내가 충전되는 것처럼 느껴지는 사람, 멀리서 실루엣만 봐도 저절로 웃음이 지어지는 사람, 힘든 일도 웃으면서 할 수 있게 해 주는 사람. 그들을 표현하는 말도 다양하다. 존재 자체만으로 사람들을 불러모으는 그 능력이 부러워 뒤에서 죄도 없는 그들을 혼자 질투하며 지내기도 했었다.

지금은 믿지 않는 사람이 많지만 어린 시절 나는 내성적인 아이였다. 어떻게 하면 친구를 사귈 수 있는지 몰랐다. 누가 먼저 말 걸어주기를 종일 기다리는 수동적인 아이였고 누가 뭘 물어도 제대로 답하지 못했다. 그래서 학교만 끝나면 곧장 집으로 숨었다. 그때만 해도 집에서 할 수 있는 일이 많지 않았다. 게임기도 없었고 TV도 정해진 정규방송 시간에만 방송을 내보냈다. 자연스럽게 혼자 시간 보내기 좋은 놀이로 찾은 것이 책이었다.

딱히 거실이라고 부르기도 어려운 곳, 구석을 차지한 갈색 책장에 꽂혀 있던 책들을 하나씩 읽기 시작했다. 어떤 책인지도 모르고 손에 잡히는 대로 읽었다.

책장 제일 위 칸을 차지하고 있던 <한국고전문학전집> 시리즈도 그렇게 별다른 생각 없이 읽어 나갔다. 책에 실린 작품들은 나중에 국어 교과서에서 지문으로 만난 한국문학 대표작들이었지만, 글자만 읽는 초등학교 저학년 아이한테는 세상이 얼마나 공평하지 못한가, 가난한 사람들은 어디까지 불행해질 수 있는가, 하는 생각에 골몰하게 했다.

그 결과 애 늙은이가 되어 세상을 다 아는 듯이 굴었다. 또래들이 하는 행동이 어리게만 보여 같이 어울리기보다 혼자 더 잘 노는 사람이 되었다.

혼자 보내는 시간이 더 많아지면서 책에 적힌 글자만 읽던 아이도 자라 읽는 자신을 들여다보기 시작했다. 무엇을 좋아하는지 어떤 것을 싫어하는지부터 시작해 어떤 것을 할 때 마음이 편한지. 좋다거나 나쁘다는 말로 상처 줄 필요 없는 '그냥 나'를 만났다.

그러면서 알게 된 사실 중 하나, 나는 충전이 오래 걸리는 타입이라는 것이다. 다른 사람을 만나고 싶지 않다거나 혼자만 지내고 싶다는 것이 아니라 다른 사람과 시간을 보내는 동안 내가 가지고 있는 에너지가 쉽게 닳아 금방 바닥을 드러내는 사람이라는 의미다. 그러니 주변 사람들에게까지 나눠줄 에너지를 가지는 것은 불가능에 가까운 사람이다.

나는 안으로 열 걸음쯤 들어가야 밖으로 한 발자국 나아갈 수 있는 사람이라고 인정하고부터는 내게 꼭 맞는 삶의 패턴을 찾기 위해 노력하며 지낸다. 자연스럽게 다른 사람을 시샘하는 일도 없어졌다.

사족으로 간단히 등산기를 마무리하자면, 그날 H와는 머리가 벗어질 정도로 해가 들어오는 곳에 가기도 전에 배가 고프다는 핑계로 하산했다. 그리고 힐링처럼 느껴지던 새소리도 계속 듣다 보면 끊임없는 수다처럼 들릴 수 있다는 사실도 배웠다.

너라도 멋지게

함께 오래 살아 본 동물은 어릴 적 마당에서 한 집 식구로 살았던 뽀돌이가 유일하다. 이웃이 새끼를 많이 낳았으니 한 마리 데려가 키워보라고 해 막 엄마 젖을 뗀 믹스견을 직접 품에 안고 데려왔다(정확히 누가 안고 왔느냐는 부분에서는 언니와 나의 기억이 다르다).

마당 구석에 집을 마련해주고 헌 옷을 가져다 바닥에 깔아주었다. 엄마가 그리운지 낑낑거리는 소리가 안쓰러워 작고 오목한 접시에 우유를 따라주었다. 붉은 혓바닥으로 할짝할짝 먹는 모습이 귀여워 식구들이 빙 둘러 한참을 떠나지 못했던 기억이 아직도 생생하다.

강아지를 데려오고 가장 큰 일은 이름을 짓는 일이었다. 한참 동안 의견이 분분했는데 '뽀돌이'라는 이름으로 결정을 봤다. 지금 생각하면 암컷인데 굳이 왜 그런 이름을 지었는지 의문이지만 아마 당시에 '뽀식이'라는 캐릭터가 한창 인기몰이 중이었기 때문이 아니었나 싶다.

뽀돌이는 평생을 우리 가족과 함께 살았다. 짧은 다리로 마당을 내달리던 강아지는 식구들 발소리를 다 알아듣고 제 식구에게는 짖지 않았다. '하지 마', 혹은 '안돼'라고 얘기한 행동을 두 번 하는 법이 없어서 가족들 사이에서는 천재로 인정받으며 사랑을 듬뿍 받았다. 지금 표현으로 하자면 리즈 시절이었다.

어린 강아지는 나보다도 먼저 어른이 되었다. 새끼를 낳는 어미 개가 되어 이번에는 우리가 이웃에게 새끼를 분양했다(매일 대문이 닫힌 집에서 사는데 어떻게 새끼를 가질 수 있었는가는 아직도 해결하지 못한 미스터리지만). 제 품에 끼고 지내던 새끼가 한 마리씩 사라지면 낑낑대면서 밥도 먹지 않았다. 그런 저녁에는 우유를 밥그릇에 부어 주며 달랬다.

그러던 뽀돌이가 나이를 먹으면서 달라졌다. 아무 신발이나 물어가서 질근질근 씹어놨고 느닷없이 벌떡 일어서서 짖는가 하면 낯선 사람이 와도 제집 앞에 웅크리고 있다가 겨우 눈만 치켜떴다 도로 감아버리기 일쑤였다. 뼈다귀도 우두둑 잘 씹어먹던 녀석이 북어 대가리를 푹 삶아 주지 않으면 입에도 대지 않았다.

반려견이라는 말도 없었고 동물을 집 안에 들여 키운다는 생각은 누구도 하지 않던 때였으나 뽀돌이는 우리에게 가족이었다.

그래서였을까. '개는 훌륭하다'라는 프로그램을 처음 봤을 때 반가웠다. 다른 종끼리의 행복한 동거를 위해 고민하는 의뢰인들이 책임감 있어 보였다. 순식간에 그 고민을 해결해 주는 개통령의 카리스마도 매력이 넘쳤다. 매번 본방송을 챙겨보는 몇 안 되는 프로그램이 되었다. 사람들을 만나면 프로그램에 대한 칭찬을 늘어놓는 애청자로 살았다.

그러다 어느 순간 프로그램을 보는 것이 불편해지기 시작했고 방송 시간을 지켜 찾아보는 것을 그만뒀다. 프로그램을 보고 있으면 먹을까 말까 고민하다 시켜먹은 야식 때문에 다음 날 아침 더부룩한 배를 계속 문지르고 있는 기분이 들었기 때문이었다.

아는 사람이 벽화를 그린다고 해서 찾아간 동네를 골목골목 누비다가 안마당과 바깥 길까지 띄엄띄엄 염소가 묶여 있는 집을 발견했다.

새까만 털로 뒤덮인 염소는 시골 사는 나에게도 낯설고 신기한 존재였다. 울타리를 사이에 두지 않고 가까이 마주한 적은 처음이었었다.

그냥 지나치지 못하고 조금씩 다가가자 처음엔 염소가 뒤로 물러났다. 겁이 많은 동물이구나 안심하고 줄에 묶여 있으니까 괜찮겠지라며 조금씩 조금씩 거리를 좁혀 다가갔다.

눈을 피하며 한두 걸음 물러서는가 싶던 염소가 갑자기

고개를 치켜들었다. 내 눈을 똑바로 바라보며 더는 물러나지 않았다.

그래, 멋있다. 너.

뜻밖의 말이 튀어나왔다.

개가 길드는 과정을 보는 것에 불편한 마음이 드는 것은 왜였을까. 프로그램에서 보여주는 훈련 과정에서 개통령은 개를 교육하는 도구로 간식을 이용했다. 원하는 행동을 하면 보상으로 좋아하는 간식을 주고 간식의 냄새로 특정 행동을 유도했다.

거부할 수 없는 본능을 이용해 반복적인 경험을 하게 하고 그 결과 견주를 애먹인 습관이 고쳐지는 것이 훈련이었다. 나는 비전문가로 개통령의 교육 방법이 잘못 되었다는 이야기를 하려는 것은 아니다.

내가 불편함을 느꼈던 진짜 이유는 자본주의 세상에서 물질에 길드는 내 모습이 그와 다를 바 없지 않나 하는 생각이 들었기 때문이었다.

괴로운 생각들이 답 없이 길게 늘어졌다. 뽀돌이에서 시작되어 TV 프로그램으로 건너갔고 나로 되돌아왔다. 우리 가족은 뽀돌이를 우리 방식으로 길들이지 않았다. 뽀돌이는 개였고 그건 우리와 다르다는 뜻이었고 그 다름을 인정했다.

지금 세상에선 다르다는 것은 쉽게 잘못된 것이 되고 잘못된 것은 바로잡아야 하는 대상이 된다. 괴로움의 끝에 다다르다 보니 조금 더 명확하게 보인다.

시간을 쏟는 일이 경제적 가치로 환원될 수 있느냐는 말을 유난히 많이 들은 날이었다.

공존의 시대

새벽까지 깨어있는 날이 많다. 어떻게든 자보겠다고 이불 속에서 버티다가 결국 백기 들고, 불 꺼진 거실 소파에 되짚어 앉는 무수한 밤이면 리모컨을 손에 쥐고 TV 채널을 탐색한다. 그런 밤 중 한 날에 뜻하지 않게 숨바를 만났다.

숨바는 인도네시아에 있는 소순다 열도 중 하나로 제주도 6.5배 크기의 제법 큰 섬이다. 아직 완전하게 현대 문명이 배어들지 않은 섬은 집부터가 특이하다. 전통가옥은 주로 4층 구조다. 1층에는 돼지, 닭, 개 등 가축이 살고, 2층에는 공용 공간, 방과 부엌을 둔다. 3층에는 곡식을 저장하고 4층은 지붕 아래 조상신 마라푸를 위해 비워둔다.

밖에서 보면 숨바 전통가옥은 지붕이 뾰족한 철탑처럼 위로 높이 솟은 모양새다. 우리나라 초가집과 같이 풀로 엮어 지붕을 만드는데 그 높이가 6m에 이르는 집도 있다고 한다. 지붕 맨 꼭대기에 신들과 소통할 수 있다고 믿는 동물의 나무 조각상을 두는 것도 잊지 않는다. 숨바 사람들은 자신들이 마라푸의 세계에서 왔으며 죽으면 다시 이 마라푸의 세계로 돌아간다고 믿기 때문이다.

인간과 가축과 신이 한 공간에서 살아가는 전통가옥도 신기했지만, 진짜 눈을 뗄 수 없게 만드는 것은 집 앞, 마을 광장을 차지한 무덤들이었다. 그 무덤들의 정체는 고인돌. 역사 시간 청동기 시대의 대표적인 무덤이라고 공식처럼 외웠던 고인돌이 아직도 마을의 장례문화로 남아 있다는 내레이션을 듣는 순간 잠들고 싶다는 수면욕이 사라졌다.

진짜? 지금? 숨바 사람들의 과거를 재현한 화면은 아닐까, 혹시 조작된 다큐멘터리이지 않을까, 생각하면서 화면에 시선을 고정했다.

지금까지도 숨바 사람들은 살아 있는 동안 가족이 함께 들어갈 고인돌 만드는 일을 중요하게 생각한다고 한다(물론 지금은 많은 것이 바뀌어서 전통가옥의 지붕도 양철로 대체되고 고인돌도 전통의 방식을 꼭 따르지 않는 마을도 있다고 한다). 그래서 장례 치를 준비가 되기 전에 가족이 죽으면 시신을 바로 매장하지 않고 방안에 둔 채로 계속 준비해간다고. 그 기간이 짧게는 수년에서 많게는 십 년이 넘기도 한다니 시신과 같은 공간에서 지내는 평범한 삶이 좀처럼 상상이 되지 않았다.

고인돌을 만드는 과정도 흥미로웠다. 먼저 현대적인 장비 없이 정과 끌만을 가지고 채석장에 가서 원하는 크기로 돌을 떼어낸다. 돌의 경도가 무르기는 하지만 크기가 상당하니 채석장에서부터 마을로 돌을 가져오는 일은 쉬운 일이 아니다. 온 마을 사람들이 다 동원된다. 사람들을 독려하는 신호수의 추임새에 맞추어 돌은 통나무 썰매 위에 옮겨지고 천천히 마을로 향한다.

정말 신기하게도 책에서 본 고인돌 만드는 방법과 하나 다르지 않았다. 다른 것이 있다면 삽화에 있는 사람들이 가죽을 대충 두른 모습이었다면 삼바 사람들은 우리와 똑같은 옷을 입었다는 정도. 과거의 유물이 여전히 지구 어느 곳에서는 실재하는 비현실적인 모습을 지켜보는 사이 새벽은 아침으로 바뀌고 있었다.

부여에서 유적발굴 현장을 본 적이 있다. 현장이 넓기도 했지만, 경사면이어서 보호 천막이 둘러 있어도 작업 과정이 훤히 보였다. 드문드문 푯말이 박혀 있는 구역도 있었고, 가는 밧줄로 빙 둘러 있는 곳도 있었다. 한껏 등을 구부린 발굴자는 한 뼘 정도 될까 하는 넓이의 붓을 들고 흙을 조금씩 쓸어내고 있었다. 지켜보는 내내 삽도 아니고 빗자루도 아닌 작은 붓으로 조금씩 흙을 벗겨내는 작업에 끝이 있기는 할까, 하는 마음이었는데 후에 그곳에서 발견되었다는 유물을 뉴스에서 확인할 수 있었다.

그때부터였다. 모든 과거는 땅속에 존재한다고 생각해

왔다. 드러나지 않게 묻혀 있어야만 하는 것이라고 믿었다. 인간의 필요로 목적을 가지고 집요하게 찾아내기 전까지는 현재와 동떨어져 기름과 물처럼 분리된 층으로 존재하는 것으로 인식했다.

그랬기에 여전히 고인돌을 만드는 숨바 사람들의 삶은 과거의 기록이었어야 더 현실적이었다. 다큐멘터리가 끝나자마자 인터넷에 접속했다. 녹색창에 여러 단어를 넣어 지식의 바다를 뒤졌다. 이 모든 것이 사실이 아닐지 모른다는 의심이 사라지지 않아서였다. 숨바에 관한 정보가 생각했던 것보다 적었지만 그들의 삶이 거짓이라는 증거는 어디에서도 찾을 수가 없었다. 오히려 생생한 여행 후기 속에서 숨바는 과거의 흔적을 아직도 간직하고 있는 신비로운 섬으로 회자 되고 있었다.

찰스 칼렙 콜튼은 진실의 가장 큰 적이 편견이라고 했다. 숨바 사람들의 삶이 믿기지 않았던 것은 과거를 지난 것이고 벗어나야만 하는 것이라고 혼자 정의하고, 교과서 지식의 틀 안에 갇혀 생각하는 편견 탓이었다.

또 다른 고고학자가 했던 말도 떠올랐다. 역사를 공부하는 사람들은 발굴지에서 찾아내는 유물에 대해 좋다, 나쁘다, 어떤 것이 더 가치 있다, 하는 식의 평가는 하지 않는단다.

단지 그것을 통해서 우리가 어떻게 지금에 이르게 되었는가를 이해하려고 노력할 뿐.

개인도 마찬가지가 아닐까. 이 글을 쓰는 순간도 자판을 두드리는 찰나가 지나면 글로 남겨진 과거가 된다. 이 글이 마음에 들지 않는다고 해서 글을 쓴 이 순간을 가치 없다고 평가한다면 그것은 옳지 않다.

과거나 현재는 구분 없이 공존하며 현재 진형형으로 어느 곳, 어느 순간에 당연히 굴러가고 있을 뿐.

선 긋기

경험은 나이와 비례한다. 나이 먹는 일은 간호사 손에 들려 공중에서 울어대던 시점부터 세상 곳곳에 흔적을 남긴다는 말과 동의어이기 때문이다. 직접 해 봐서 알고, 남들에게 들어서 알고, 옆에서 지켜봐서 알고, 원치 않아도 알게 되는 것들이 많다. 그러니 사람은 경험을 통해 자신을 성찰하고 발전한다는 이론을 따른다면 나이가 들수록 지혜로운 사람이 되어야 한다,가 정답일 수 있으나 나를 포함하여 주변을 참고해 답하자면 꼭 그렇지만은 않다.

A는 모든 것에 '남의 탓'을 하는 사람이다. 물론 살면서 '남 탓' 한 번 안 해본 사람은 없을 것이다. 정말 억울한 상황으로 밤잠을 이루지 못한 경험도 있을 것이고 어디 하소연할 곳만 생기면 백번이라도 이야기하고 싶은 일의 당사자가 되어보기도 했을 것이다.

그러나 A는 조금 특별한 능력이 있다. 어떤 이야기를 시작해도 마지막 결론은 자신만 부당하게 당한 억울한 사람으로 맺을 수 있는 능력이다. 남들도 다 겪었을 만한 일도 A의 세상에서는 본인에게만 일어나는 일이고 가장 착한 자신만 유일하게 억울한 사람이라 하소연을 해대니 늘 기분 처지는 이야기가 넘쳐난다. 그러니 A와 만나면 언제나 우울하고 분위기가 어두워진다.

A는 자신의 능력을 굉장히 높이 생각하는 사람이기도 하다. 누군가 자신보다 더 인정받는 일이라도 생기면 결과를 인정하지 못한다. 자신의 과거사를 줄줄이 대며 본인이 그 자리에 갔어야 했는데 사람들 앞에서 자신을 드러내지 못하는 소심한 성격 탓에 제대로 된 줄을 잡지 못했기 때문이라거나 힘든 일은 본인이 다 했는데 결국 공은 다른 사람이 차지했다는 식으로 이야기한다. 다른 사람들은 늘 노력하지 않고 능력이 충분하지 않은데도 잘 풀리는 운 좋은 사람으로 결론 낸다.

다른 이야깃거리가 생기기 전까지 보는 사람마다 같은 이야기를 무한 반복하다 보니 많이 듣는 사람은 10번을 넘게 듣는 경우도 생긴다. 이쯤 되면 누구나 인내심이 바닥을 드러내기 마련이다. 슬슬 누군가 나서서 A의 말을 끊기도 하고 상대방도 그만한 능력이 있는 사람이라는 말을 건네기도 한다. 그러면 A의 눈빛이 바로 서늘하게 변한다. 말로는 '그럴 수도 있지'라며 마지못한 수긍을 보이지만 그 사람이 자리를 뜨기가 무섭게 그 사람을 비난하기 시작한다. 둘이 나누었던 사적인 대화까지 소환되고 끝도 없이 바닥인 사람을 만든다. A의 이런 모습을 본 사람들은 섣불리 반대되는 의견을 꺼내지 못한다. A의 세계에서는 착한 사람과 그렇지 못한 사람만이 존재했는데 자신이 하는 말에 무조건 동의하는 사람만을 착한 사람의 범주에 넣었다.

그런 A가 제일 많이 하는 것은 신세 한탄이다. 만나기만 하면 결혼 초부터 시작해 지금에 이르기까지 일대기에 가까운 이야기를 듣는 것이 제1코스처럼 짜여있다. 일단 얼마나 희생적으로 살았는가의 관점에서 이야기를 들어야 하고 다음에는 그렇게 했는데도 인정받지 못하는 불행의 시점으로 들어줘야 한다. 아마 A의 주변인 중에 A의 결혼사는 물론 자녀들의 세세한 이야기를 모르는 사람은 없을 것이다.

A의 신세 한탄을 처음 듣는 사람은 누구나 진심으로 공감한다. 편안한 삶은 아니었음을 짐작할 수 있어서다. 위로되는 말을 찾아 마음을 다독여주고자 노력한다. 그러나 좋은 얘기도 한 두 번, 무거운 이야기를 여러 번 듣는 일은 말 그대로 일이다. A는 다른 사람들이 건네는 위로를 스펀지처럼 흡수하며 만족을 모르고 점점 더 많은 공감을 요구한다.

더 이상한 점은 A가 다른 사람의 이야기는 가볍게 취급하는 것이다. 다른 사람이 힘든 일이나 경험을 이야기하면 살짝 듣는 척만 하다가 자신은 그보다 더한 일도 겪었다는 말로 다시 본인의 이야기를 시작한다. 언제나 나만큼 고통을 겪을 사람은 없다는 식이다.

오랜 시간 A의 주변인으로 지내다가 마침내 안전거리를 두어야겠다는 마음을 먹게 된 계기가 있었다. A를 위해 많은 사람이 뜻을 모아 의미 있는 일을 할 수 있게 도와주었다. 다들 생업이 있으니 그만큼 시간을 내고 함께 하는 일이 쉽지 않았는데 A는 그 일에 고마운 마음을 보이지 않았다. 오히려 자신이 중심이 되지 못했다는 점을 서운해했다. 다른 일에 써도 되는 시간과 에너지를 본인을 위해 내어주었는데도 당연한 일이라는 태도로 일관했고 뒤풀이 장소에서 그중 한 사람으로 인해 억울한 일을 당했다는 취지의 이야기를 꺼냈다. 본인의 신세 한탄에 지쳐가고 있는 사람들에 대한 배려가 없는 모습에 그만 선을 넘고 말았다.

그만 좀 하세요

인내심이 바닥났다.

그 후에 이런저런 일을 핑계로 A와 마주치지 않게 노력했다. A가 나에 대해 나쁘게 이야기한다는 소문이 들려왔다. 따지고 싶은 마음이 들기도 했지만 그렇게 해봤자 A에게 또 다른 빌미를 주는 것 같아 꾹 참았다.

긴 시간 맺어온 인연이 이렇게 정리되는 것이 안타깝기도 했고 그동안 들인 내 시간과 마음이 무無로 돌아가는 상황이 큰 상처였지만 일찍 정리하지 못한 내 책임이 가장 크다. 운전할 때만 안전거리가 필요한 것이 아니고 인간관계도 그렇다는 것을 경험을 통해 배운다.

빨리 선을 그어야 하는 관계도 있는 법이다.

거리예찬

오월은 덩굴장미의 계절이다. 주택가 담장마다 빨간 장미가 넘실거린다. 처음엔 달뜬 기분에 사랑의 눈길을 보내지만 이내 심드렁해질 정도의 흔한 풍경으로 오월에 흡수된다.

이른 것 같은 열기의 햇발이 오월의 검붉은 덩굴장미의 틈마다 헤집고 다니며 길 위에 짙은 그림자를 드리울 때, 장미와 길 사이에는 거리가 있다. 빛을 들이고 그림자가 만들어질 만큼의 거리가.

존재하는 것들에는 모두 거리가 있다. 요즘 넘치게 흔해진 정서 관련 책에는 자신과도 거리를 두는 것이 정신건강에 이롭다는 충고가 항상 포함되어 있다.

전문의의 충고를 빌리지 않아도 살다 보면 저절로 체득되는 것들이 있다. 이를테면 이런 부류의 것들인데 어떤 거리는 가까워서 버겁고 또 다른 거리는 멀어서 허전하다. 가끔은 성글어 채우고 싶은 마음이 불쑥 이는 거리도 있고 반대로 너무

빡빡해 미니멀리즘의 지침대로 정리하고 싶은 거리도 있다.

거리를 좁히고 싶은 사람과 헤어져 보기도 했고 그보다는 자주, 멀찍이 거리를 두고 싶은 이들과 가깝게 지내기도 했다. 하지만 거리가 필요하지 않았던 적은 없었다. 충전기의 선처럼 거리가 있어야 배터리가 찼다.

한때는 거리가 빈자리라고 생각한 적도 있었다. 빈자리는 균열이었다. 어떤 세계에 균열이 생긴다는 것은 잘못되고 있다는 신호로 받아들였다. 그 균열 안에 미움, 시기, 질투, 염려, 분노가 자리 잡기 시작했을 때 그 생각이 맞는 듯했으나 이내 용서, 이해, 믿음, 희망, 여유도 있음을 알게 되었다.

그런 의미에서 보면 거리는 삶이었다. 거리가 있어서 각기 서로 다른 존재가 부딪히지 않고 존재할 수 있었다. 그러니 존재하는 것들에 거리가 있는 것이 아니라 역설적으로 존재하기 위해서 거리가 필요했다.

나는 정현종 시인을 잘 모르면서도 그의 시 '섬'의 한 구절은 자주 떠올린다.

사람들 사이에 섬이 있다
그 섬에 가고 싶다

시인은 사람들 사이에 존재하는 섬에 가고 싶다고 했다.

섬을 지나 사람에게 가고 싶은 것이 아니라. 시인에게 사람과 사람 사이에 있는 섬은 꼭 도달해야 하는 또 하나의 세계였는지 모른다. 죽기 전에 가 봐야 하는 버킷리스트의 상단에 적히는 장소처럼.

시인의 섬을 들여다보다 내 거리를 배회해본다. 나에게만 속해있지 않은 그 거리. 혼자 만들어가는 거리가 아니라 누군가와 같이 만들어 완성하는 거리. 그래서 다양한 그림자가 드리워진 거리.

어느 쪽에도 완벽하게 소유되지 않았기에 더 완벽한 거리距離는 누구나 자유롭게 다닐 수 있는 거리로 태어난다. 이 거리에서는 누구나 자유롭고 다른 이의 눈치 보지 않고 활보할 수 있다. 어디에 속할 필요도 없고 학습된 태도로 자신을 통제하지 않아도 된다.

덩굴장미보다 그 아래 짙은 그림자가 예뻐 그냥 지나치지 못하고 길가에 차를 세웠다. 차 문도 잠그지 않고 핸드폰만 손에 쥐고 총총히 차로 지나친 길을 되돌아갔다.

갈색 녹이 여기저기 오른 초록 대문 옆에 덩굴장미가 있었다. 오른쪽에서도 찍어보고 왼쪽에서도 찍어보고 정면에서도 찍어보고 사진작가라도 된 듯이 기분을 내고 있는데 멀찍이서 쳐다보던 할머니가 잰걸음으로 내 쪽으로 다가왔다.

우리 집 사진은 왜 찍는 겨?
집이 아니라 꽃을 찍는데요. 꽃이 예뻐서요.
난 또.

할머니는 발걸음을 돌려 왔던 길을 되돌아갔다. 할머니가 생각하는 거리만큼 떨어져 집을 지키러.

그림에서

빛을 표현하는 방법은

어둠을 충분히 깔아주는 것이다.

둘 사이의 거리가 클수록

밝은 빛이 완성된다.

세 번째 이야기

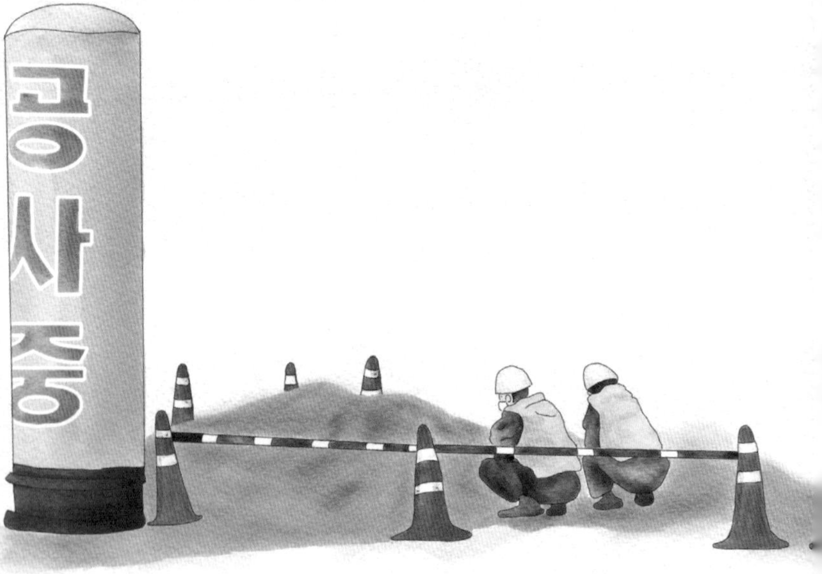
공사중

안전지대

웃음과 희망을 잃은 남자가 뒷골목에 있는 가게를 은밀히 찾는다. 이름은 '자살가게'. 자살하고 싶은 사람들을 위해 다양한 상품을 갖추고 있다. 가게 주인은 튀바쉬 가족. 미시마와 뤼크레스 부부는 남자에게 독약을 팔고 마릴린과 뱅상 남매에게 남자의 뒤를 밟게 한다. 남매는 남자의 자살이 성공하는 것을 몰래 지켜보고 가게로 돌아와 남자가 죽었다는 것을 엄마 뤼크레스에게 이야기해준다.

자살하려는 사람들은 계속 늘어나고 아무 문제 없이 번창하는 사업으로 걱정이 없을 것만 같았던 가족에게 예상치 못한 문제가 발생한다. 바로 막내 알랑의 등장이다. 알랑은 다른 가족들과 다르게 웃음이 많은 아이다. 가게를 찾은 손님들은 알랑의 미소에 반응을 보이고 가족들도 사실은 다른 사람들을 죽음에 이르게 한다는 죄책감에 시달리고 있다는 사실을 깨닫게 된다.

알랑은 자라서 자살하는 사람들이 계속 살 수 있게 돕고 친구들과 함께 자살을 없애기 위한 계획을 세운다. 계획은 다름 아닌 음악이었다. 강렬한 비트에 맞춰 흔들리던 가게의 물건들은 모두 망가져 버리고 리듬에 맞춰 춤을 추던 사람들은 사랑에 빠진다.

삶의 의욕을 찾은 사람들은 인생에 행복만 있지 않고 슬픔, 괴로움, 불안도 포함되어 있다는 것을 받아들이고 사랑이 삶이 지닌 숨은 매력이라는 사실을 깨닫는다.

자살 용품을 팔던 '자살가게'는 사람들의 웃음이 넘쳐나는 음식점이 되고 웃지 않던 튀바쉬 가족도 웃음을 되찾게 된다. 프랑스 애니메이션 <파리의 자살가게>의 내용이다. 알고 보면 단순한 것이 인생이며 보는 시각에 따라 달라진다는 미시마와 뤼크레스의 노래로 이 애니메이션은 끝이 난다.

인터넷에 나오는 기사를 훑어보는데 불편한 기사가 눈에 들어왔다. 여전히 자살률이 높은 우리나라는 2019년 통계청의 발표자료에 따르면 세계에서 네 번째로 자살률이 높은 나라로 꼽힌다고 한다. 특히 자살이 10대, 20대, 30대에서 사망원인 1위를 차지한다고 하니 참 슬픈 일이 아닐 수 없다.

기사를 읽으면서 그런 선택을 한 사람들보다 그 사람들의 가족이 먼저 떠올랐다. 남겨진 사람들, 우리가 그들을 부르는 이름이다. 남겨진 사람들이 감당해야 하는 고통은 얼마나 클까. 그렇게 생각해보니 꼭 그랬어야 했나 하는 생각이 먼저 들었고 그다음에야 비로소 얼마나 괴로웠으면, 외로웠으면 그런 선택을 했을까 싶은 마음이 따라왔다.

가끔은 그런 선택을 이해한다고 말하기도 하지만 실제로 나는 그 괴로움의 깊이를 절대로 이해하지 못할 것이다. 그렇기에 나에게 묻지 않을 수 없다.

너는 그런 순간이 없었어?

'살다 보면 다 그런 거야.'라는 말로 모든 것을 뭉뚱그려 이야기하는 사람들이 끔찍했던 적이 있었다. '나도 예전에 다 겪어봤어'하는 말을 하는 사람들도 싫었다. 나의 고통과 자신의 고통을 비교해 가며 견적 내듯이 배부른 투정이라고 말하는 사람들 속에서 끔찍하게 외롭다고 생각한 적도 있었다.

그런데 이제 그 폭풍우를 조금 헤치고 나왔다고 나도 같은 얘기를 하는 실수를 하곤 한다. 그것도 자주.

M은 만날 때마다 같은 이야기를 한다. 뭘 해야 좋을지 모르겠다, 아무것도 하고 싶지 않다, 해 놓고는 금방 말을 바꾼다. 나도 뭘 하고 싶긴 한데 뭘 해야 할지 모르겠어, 사람들은 다 뭘 하는데 나만 아무것도 안 하고 사는 것 같아, 라고.

처음 M이 그런 말을 했을 때 나는 좀 쉬면 괜찮아지려니 생각했다. 그래서 너무 힘들었나 보다, 조금 쉬어도 괜찮으니 네가 하고 싶은 대로 하고 지내보라고 했다.

그런데 해를 넘겨도 M은 그 상태를 벗어나지 못했다. 만나기만 하면 같은 말을 되풀이했다. 어느 순간 나도 모르게 내가 그렇게 듣기 싫었던 말들을 M에게 하기 시작했다. M의 행동 하나하나에 옳고 그름의 잣대를 들이민 것이다. 최악은 그러면서도 내가 잘못하고 있다고는 전혀 생각하지 못했다는 것이다.

다른 날과 마찬가지로 M은 같은 고민을 늘어놨고 나 역시 또 참지 못하고 같은 말들을 되돌려 주는데 M이 나에게 말했다.

언니, 나도 다 알아. 내가 잘못 하는 거. 그런데 나는 그냥 사람들이 내 말을 들어줬으면 좋겠어. 잘했다 잘못했다 말하지 말고 그냥 내 말만 들어주면 좋겠다고.

그 말을 듣는 순간 정신이 번쩍 들었다. M도 어른인데 무엇이 옳은지를 몰라서 매번 같은 고민을 털어놓지는 않았을 것이다. 누구에게서도 찾을 수 없는 위로를 찾아서 방황하는 것이구나 하는 생각이 드니 미안한 마음이 들었다.

튀바쉬 부부의 말처럼 인생은 알고 보면 단순한 것인지

도 모른다. 보는 시각에 따라서 얼마든지 달라질 수 있는. 그러나 현실 세상에서 보는 시각을 바꾸는 일이 누구에게나 쉽지 않다. 아무리 애를 써도 시간이 많이 필요한 사람도 있다. 그럴 때를 대비해서 누구에게나 안전지대가 있었으면 좋겠다. 마음껏 방황하고 흔들려도 괜찮은 곳이, 사람이 말이다.

모순이 해답을 주기도

언제부터가 여름일까. 6월부터 8월까지가 여름이라는 뻔한 정의는 저만치 치워둔다. 누가 여름이라는 단어를 꺼내지 않아도 작년에 끼던 선글라스를 어디 두었나 찾고, 잊고 살던 선크림이 아직도 남아 있나를 살펴보다 쨍한 나리꽃의 주황에 익숙해진다면 그때가 여름이지 싶다.

여름을 가장 먼저 들이는 공간은 자동차다. 실외주차장에서 달궈진 차는 시동을 거는 동시에 에어컨도 틀게 한다. 에어컨 틀고 선글라스를 꺼내면서부터 진짜 여름이 벌써 왔을까 봐 마음이 조마조마한 날들을 보내고 있다. 올해도 늦게까지 무더위가 기승을 부릴 거라는 일기예보관의 말에 더위 걱정이 앞서 그러는 것은 아니다.

원고 마감. 올해 안에 책을 내야 한다는 기한이 생기고 나서 차질없이 일정을 맞춰야 한다는 압박감에 하루가 끝나고 새로운 달이 시작되거나 계절이 바뀌는 일에 민감해졌다.

중학교에 들어가면서부터 시험 기간이 돌아오면 제일 공들이는 일이 시간표 짜는 일이었다. 시험공부보다 공부 시간표 짜는 일에 더 정성을 쏟았다. 중간고사냐 기말고사냐에 따라 달라지는 과목 수도 계산에 넣고 모양도 중요하게 생각해서 볼펜 색을 달리해가면서 선을 긋는 일에도 공을 들였다.

그러나 중간에 몇 번씩 같은 과정으로 수정된 시간표는 한 번도 칸칸이 적혀 있는 페이지까지 도달하지 못했고 운을 기대하며 시험지를 받았었다.

그때부터 버릇이 되어 기한이 정해진 일이 생기면 그게 무엇이든 시간표를 만들었다. 그러니 출판사에 들러 한 시간 정도의 이야기 끝에 원고를 넘겨주어야 하는 마지노선에 대해 듣고 온 날 제일 먼저 한 일은 당연히 일정짜기였다. 출판사 대표는 아직 시간이 많이 남아 있으니 천천히 준비하라고 했지만 아무리 따져봐도 여유 있는 시간은 찾을 수가 없었다.

출판사와 약속을 지킬 수 있도록 일정표를 만들어 놓고 마감 시간만 생각하면서 일정을 맞추다 보니 일주일은 물론이고 한 달도 금방 지나갔다. 한두 달은 고무적인 진행에 스스로가 대견했다.

일정표대로 진행되는 것에 한껏 업되어 생활하는 기간도 잠시, 도돌이표처럼 돌아오는 마감일이 부담으로 느껴지기 시작했다. 하루 이틀은 늦어도 되지 않을까, 조금은 마음편하게 지내도 되지 않을까, 라며 나와의 협상을 시작했다.

이쯤에서 나에게 또 다른 습관, 좋지 않은 습관이 있음을 고백해야겠다. 나는 자기 모순적인 사람이다. 같은 것이라도 다른 사람이 관련되어 있느냐 그렇지않느냐에 따라서 태도가 달라진다.

같은 약속이지만 다른 사람과 한 약속은 꼭 지키려고 노력하면서 나와 한 약속에는 매번 유연하게 군다. 시간 약속도 그렇다. 다른 사람이 개입된 약속에는 일찍 도착하지는 못해도 정시에는 꼭 도착하도록 몇 번이나 확인한다.

약속 한 시간에 늦는 것은 상대방의 시간을 빼앗는 것과 같다는 소리를 귀에 딱지가 앉도록 듣고 자란 주입식 교육의 결과이다. 그래서 상대가 있는 약속에는 상당히 민감하다. 아주 가끔 피치 못할 경우를 제외하면 약속된 시간 내에 도착한다.

하지만 나와 한 약속의 경우에는 그렇지 못하다. 상대에 대한 부담이 없어서인지 나에게는 한없이 너그럽다. 한 시간만 더 자고 일어나자 다짐했다가도 지키지 못하고 눈을 말똥말똥 뜬 채로 두 시간 혹은 세 시간을 누워 있는 일이 빈번하다. 이 일은 오늘 꼭 끝내야지 해도, 기한 안에 끝내는 경우가 드물다. 그래도 누구나 다 이렇지 않겠어 생각하면서 쉽게 넘어간다.

내가 가진 모순이 나를 딜레마에 빠뜨렸다. 일단 꼭 지켜야 하는 출판사와의 약속이라는 큰 틀은 깰 수 없다. 개인 일정표 마감은 지키지 못해도 마음이 불편하지 않으니 부담은 없다. 문제는 내가 짠 일정을 지키지 못하면 결국은 원고를 넘겨야 하는 마감일을 지킬 수 없다는 것에 있다.

별수 없이 억지로라도 컴퓨터 앞을 지키다가 글이 나아가지 못하겠다 싶으면 소파 위로 올라가 일단 잠이나 실컷 자자 하는 마음으로 눕는다. 누웠는데도 맘이 편하지 않고 머릿속이 다시 복잡해진다. 억지로 컴퓨터 앞으로 돌아와 망부석이 되기를 반복한다.

컴퓨터 커서 깜빡임을 멍하게 바라보다 갑자기 얼마 전 인상 깊게 봤던 드라마 <나빌레라>의 심덕출이 생각났다.

정년퇴직 후 어릴 때부터 꿈꿨던 발레를 배우기 위해 발레교습소를 찾은 노년의 심덕출은 그곳에서 스승이 되어줄 이채록을 만난다. 처음에는 심덕출을 탐탁하게 생각하지 않았던 이채록이었지만, 덕출의 발레에 대한 진심을 알고부터는 열심히 가르쳐준다. 덕출의 가족들이 발레를 배운다는 사실을 알고 반대하자 채록은 덕출에게 정면돌파를 제안한다. 발레 하는 덕출의 사진을 찍어 가족 모두에게 보낸다. 그렇게 덕출은 발레를 계속할 수 있게 된다.

모든 것이 다 준비되면 그때 책으로 엮어보겠다고 계획했다면 나는 결코 책을 낼 수 없을 것이다. 출판사와의 약속이 억지로라도 컴퓨터 앞을 지키게 해준다. 내가 가진 이중성에서 앞으로 나아갈 수 있는 해답을 찾는다.

동그랗지 않은 동그라미

결혼하셨어요? 지금은 무례한 질문이라 함부로 하면 안 되는 질문이지만 내가 자랄 무렵만 해도 일정한 나이가 되면 제일 먼저 듣는 말이었다. 혼자는 외롭다. 그래서 짝을 이루어야 한다, 는 식의 생각 아래에는 혼자는 불완전한 것이고 짝을 이루어야 비로소 완벽해지는 것이라는 전제조건이 달려 있다. 그래서 나는 당신에게 관심이 있고 당신의 삶이 좀 더 완벽해졌으면 좋겠다고 생각한다는 표현을 이 질문으로 대신하는 사회적 분위기가 있었다.

사회적으로 대다수 구성원이 짝을 이루는 것에 암묵적으로 후한 점수를 주는 일이 어떻게 가능해졌는가를 생각하다가 엉뚱한 곳에서 재미있는 것을 발견했다.

요즘 아이들은 학교에 들어가기 전부터 다양한 학습을 한다. 이제는 별 필요가 없는 사람의 편에서 살펴봐도 책이 참 재미있다. 화려한 색상, 다양한 그림은 기본이고 영상 링

크가 걸려 있고 소리도 들어있다. 그런데 이보다 더 재미있는 것은 아이들이 무언가를 배우는데 사용하는 것이 '짝 짓기' 방식이라는 것이다. 문제마다 아이들에게 필요한 것을 짝지어 보세요, 빠진 그림을 찾아 짝지어 완성해 주세요, 짝 맞추기 퍼즐을 이용해서 만들어 보세요, 라는 표현이 자주 등장한다. 올바르게 짝을 지어야만 문제가 해결되고 비로소 끝이 난다.

이 과정을 끝내고 학교에 들어가면 또 다른 '짝 짓기'를 배운다. 짝궁을 만나는 일이다. 어떤 짝을 만나느냐에 따라서 학교생활이 즐거울 수도 괴로울 수도 있어서 짝을 짓는 것 자체가 끝이 아니라 어떤 짝을 선택하느냐가 더 중요하다는 것을 이때 배운다.

다음엔 사회에 나와 내가 '짝 짓기'의 주체가 될 수 없는 상황도 있다는 것을 배운다. 같이 일하는 동료는 내가 선택할 수 없는데 그 짝에 의해 직장이 지옥이 되는 경험을 하기도 한다.

이렇게 긴 시간 동안 내가 의식하지 못하는 사이에 학습된 '짝 짓기'는 결혼이라는 종착역에 다다를 것을 종용한다. 우선 결혼해서 아이를 낳고 키우면서 남들하고 똑같이 사는 것이 인생의 모범답안이라고 설득한다. 내가 젊었던 시대는 동그라미를 받지 못하는 답은 틀린 답이라는 정설이 통하던 때였다.

좋은 말로 하는 설득이 통하지 않으면 지금은 괜찮아도 나이 들어서 돌봐줄 자식 하나 없이 어떡할래, 라는 말로 반 협박이 시작된다. 자식이 노후에 든든한 울타리라는 개념이 자리잡혀 있던 시절이기에 가능했던 협박이었다. 이마저도 효과가 없으면 혼자 끝까지 우아하게 살 만큼 경제적인 능력은 갖췄어, 라고 현실을 직시하는 강펀치를 여기저기서 날린다. 나는 이 마지막 단계까지도 가지 못하고 타협했다. 기혼자들이 진정한 어른으로 대접받았고 일정한 시기가 되면 당연히 기혼자의 대열에 들어서는 것이 옳다는 생각이 지배적인 세대를 살아온 '우리들'은 결혼을 받아들였다.

결혼한 사람들은 대개 아이 나이를 기준으로 새로운 관계를 맺어 간다. 육아 정보가 제일 중요한 시기이기도 하고 이것만 신경 쓰기에도 시간이 모자라서 다른 것들은 생각할 틈이 없기 때문이기도 하다. 서로 알고 있는 정보와 경험을 나누면서 아이를 키우다가 손이 덜 가는 시기가 오면 다른 고민을 함께 나눈다.

이때 나누는 고민은 결혼 생활이 나하고는 맞지 않아, 지금 생각해보면 꼭 결혼할 필요는 없는 것 같아, 정신 차려 보니 내 나이가 너무 많아서 뭘 할 수 있는지 모르겠어, 등의 이야기이다. 뜨거운 감자 같은 이야기를 하다 보면 결론은 이쪽으로 났다가 저쪽으로 났다가 변화무쌍하지만, 점점 비혼에 대한 긍정적인 반응이 많아지고 있다는 것에는 누구도 이의를 제기하지 않는다.

20대와는 훌쩍 멀어져서 이미 몇십 년의 공백이 생겨서야 평생 같이할 짝을 결정하는 중요성에 대해 다시 한번 진지하게 고민하는 것이다.

결혼은 어른들이 말하던 것처럼 남들하고 똑같이 사는 과정은 아니다. 가만히 들여다보면 남들과 똑같이 사는 사람은 하나도 없다. 그래서 결혼 생활로 생기는 고민도 제각각이다. 고민을 나누어도 다른 사람들의 말에 이것이 정답이다, 라고 생각되는 것은 별로 없다. 언제나 스스로 치열하게 고민해서 답을 찾아야 하고 그 결과를 혼자 고스란히 감당해야 한다.

짝을 찾는 것에 대해 생각할 때면 매번 떠오르는 이야기가 하나 있다. 조각 하나를 잃어버린 동그라미. 이가 빠진 동그라미가 잃어버린 한쪽을 찾아서 돌아다니는 이야기이다. 잃어버린 한 조각만 찾으면 완벽해지리라 생각한 이 빠진 동그라미는 그 한 조각을 찾아 완벽한 동그라미가 된다. 완벽한 동그라미가 되면 행복할 줄만 알았는데 그게 꼭 그렇지가 않다. 오랜 고민 끝에 동그라미는 다시 이 빠진 동그라미로 돌아가기로 한다. 이전의 불완전한 삶으로.

짝을 찾는 것은 인생에서 중요한 일일지도 모른다. 어느 순간 의지가 되는 때가 있기도 하다. 그러나 그 결론이 꼭 결혼일 필요는 없지 않을까. 이 빠진 동그라미가 조각을 찾아 완벽한 동그라미가 되었어도 결국 다시 예전의 자신으로 돌아가는 것을 선택한 것처럼 자신이 만족하는 삶이면 충분하지 않을까. 결혼이라는 형태가 아니어도 짝은 만날 수 있으니.

내 안의 샘

글 잘 쓰는 법에 관한 책들을 보면 작가들이 한결같이 하는 이야기가 있다. 글은 노동이다. 글이 되지 않더라도 일정량 이상의 시간을 글 쓰는데 할애해서 무엇이든 쓰는 훈련을 해야 한다. 그 과정을 견뎌야 글 쓰는 근육이 생긴다, 라는 것이다.

읽는 동안에는 고개를 끄덕이며 견디는 힘에 대해서 생각하고 마음을 다지는데 실천하는 것은 생각보다 힘들다. 머릿속에서 딱히 잡히는 않는 생각들은 빙빙 돌고 그 생각들은 글로 옮기려고만 하면 안개 속으로 쏙 숨어 버린다. 실컷 자판을 두드려서 겨우 문장 하나를 만들었다 싶으면 이내 백스페이스 버튼으로 다시 백지를 만들어 버리는 과정이 무한 반복 재생된다.

되지 않는 것을 붙들고 버티는 것이 힘들어지면 책상 근처를 기웃댄다. 사 놓고 아직 다 읽지 못해서 책장에 가지 못한 책이나 다시 한번 읽어볼 생각으로 책상 아래나 옆에 쌓여 있는 책들. 그중에 아무것이나 집어 들어 마음이 내키는 곳을 읽는다.

그때마다 배가 아프다. 나는 이렇게 글 쓰는 것이 힘들고 정말 힘들게 써도 부족한 글밖에 쓰지 못하는데 글 잘 쓰는 사람이 너무 많다는 현실을 그 책들이 보여주기 때문이다.

이 작가는 이런 글을 잘 쓰는구나, 이 작가는 나와 똑같은 경험을 했는데도 이렇게 특별하게 쓸 수 있구나, 하는 생각을 하다 보면 나한테는 정말 재능이 없는 것이 아닌가 하는 생각이 든다. 여기서 하루를 마감하면 분명 내일은 컴퓨터 앞에 앉는 것이 더 어려워질 것이다. 바닥까지 떨어진 자존감을 회복시키는 치료가 필요하다. 그런 이유에서 마지막에 찾는 책은 언제나 『어린 왕자』다.

『어린 왕자』에는 내가 필요한 위로가 풀 버전으로 들어 있다. 내게는 한없이 소중한 것을 사람들이 몰라준다고 생각할 때는 어린 왕자가 자신의 장미꽃이 얼마나 특별한 존재인가를 이야기하는 부분을 펼쳐 읽고, 복잡한 관계 사이에서 방황할 때는 여우와 어린 왕자가 대화하는 부분을 찾는다. 그리고 바닥까지 떨어진 자존감 게이지를 올리려는 목적이 있을 때는 아랫부분을 반복적으로 읽는다.

"사막이 아름다운 건 어딘가에 샘을 감추고 있기 때문이야……"

어린 왕자가 말했다.

나는 모래가 신비롭게 빛을 발하는 이유를 깨닫고 깜짝 놀랐다. 어렸을 적에 나는 아주 오래된 집에 살고 있었다. 그런데 전해오는 이야기에 의하면 그 집에는 보물이 감춰져 있다고 했다. 물론 아무도 그것을 발견하지 못했다. 아니 어쩌면 아무도 찾으려 들지 않았는지도 모른다. 그러나 그 보물로 인해서 그 집 전체가 신비한 마법에 걸려 있는 것만 같았다. 우리집은 그 깊숙한 곳에 어떤 비밀을 간직하고 있었으니까 말이다.

"그래. 집이건 별이건 사막이건 그것을 아름답게 하는 건 눈에 보이지 않는 법이지!"

이 문장들을 읽으면서 나는 내 안에 숨어 있을 샘을 상상한다. 그러면 누구에게나 아직 발견되지 못한 보물이 감춰져 있다고 믿게 된다.

어느 작가는 그 사람의 말이 곧 그 사람의 글이라고 했다. 솔직한 글을 쓰고 싶다면 먼저 솔직하게 말하는 사람이 되어야 한다는 것이다. 작가는 말에 빗대어 글의 한계성을 이야기했지만 결국은 그 사람의 글이 그 사람이 가진 것 이상을 담기는 어렵다는 말을 하고 싶었다는 생각을 한다.

그 덕에 내가 쓰고자 했던 글이 어떤 글이었는지에 대해 곰곰이 생각할 수 있었다. 글 쓰는 일이 그토록 어려웠던 것은 남들에게 솔직한 나를 보여주기 보다 잘 포장된 나를 보여줄 수 있는 글을 쓰고자 했기 때문이었을지 모른다. 남들과 크게 다르지 않은 평범한 일상을 담은 글조차 제대로 쓰지 못하면서 다른 사람들의 가슴을 일렁이게 만드는 글을 쓰려고 아등바등하고 있었으니 나조차도 만족할 만한 글이 나오지 않는 것이 당연하다.

특별함이나 재능이 모두에게 같은 크기일 수는 없을 것이다. 모두가 같은 정도의 비범함을 가지고 있다면 그것은 더는 특별함이 아닐 테니 말이다.

그래서 남이 가진 특별함을 똑같이 바라는 대신 내가 가진 보물을 특별하게 여기며 내일을 묵묵히 걸어가는 버티는 근육이 필요하다.

식물원에 가면
여름에도 온풍기 바람을
맞으며 자라는
바오밥나무가 있다.
한 자리에서
어린 왕자를 기다리는
바오밥나무는
장미꽃이 되기를
꿈꾸지 않는다.

신도 미처 알지 못했을지 모른다

죽음에 대해 일찍부터 관심을 가졌다. 천재라고 불리는 예술가들이 일찍 생을 마감했다는 글이나 능력 있는 사람은 요절한다는 이야기를 누군가에게 듣게 되면서부터 오래 산다는 것이 별 의미가 없지 않나 자연스럽게 생각했다. 한동안은 나도 그들처럼 반짝이는 재능을 세상에 맘껏 펼쳐 보이다가 일찍 세상을 떠나는 사람이 되고 싶었다. 그러나 어떤 분야에도 나는 그런 재능을 타고나지 않았다는 사실을 깨닫기까지 오래 걸리지 않았고 스무 살이 넘고 서른 살이 넘어도 여전히 쌩쌩한 나를 보면서 요절한 천재에 속하고 싶은 바람은 자연스럽게 사라졌다.

대신 '나이 듦' 혹은 '죽음'에 대해서 더 많이 생각하게 되었다. 그 관심은 점차 그것들을 관장한다는 신에게로 향했고 누군가의 삶을 결정하는 존재가 있다면 과연 내가 이 순간 최선을 다하면서 사는 것이 의미가 있는가 하는 허무주의로 치달았다. 덕분에 굳이 열심히 사는 삶에 매혹되지 않았다. 그

무렵 한국인에게 유독 인기가 있다는 베르나르 베르베르의 '신'이라는 소설이 나왔다. 책의 주된 내용과는 상관없이 '신' 후보생들이 실습용 행성을 가진다는 설정에 흥미를 느꼈다. 신이 되는데도 실습이 필요하다니.

나도 스스로 '신' 후보생이 되어보기로 했다. 실습대상이 필요했는데 눈에 들어온 것이 거실 창가에 놓인 화분 두 개였다. 두 개의 화분이 집에 남아 있는 데는 나름의 사연이 있다.

백각기린은 가장 오래된 화분이다. 아이가 초등학교에 다닐 무렵 학년 초가 되면 일 년 동안 학교에서 돌볼 화분을 하나씩 가져오게 했다. 혹시나 잘 돌보지 못해 죽이면 또 준비해야 하니 생명력이 강한 식물이 좋겠다고 생각해서 선인장과의 백각기린을 사서 보냈다. 내 예상이 맞은 것까지는 좋았는데 친절하신 선생님은 학년이 끝나는 마지막 날에 그 화분을 다시 집으로 보내셨다.

고무나무는 내가 가지고 온 식물이다. 강의를 같이 듣던 회원이 어느 날 집에 있는 식물들을 분양한다며 가져왔다. 관심이 있는 사람들은 일찌감치 마음에 드는 식물들을 골랐고 선택받지 못한 것들은 강좌가 끝나도록 책상 위에 그대로 놓여 있었다. 무조건 하나씩은 가져가야 한다는 회원의 강력한 권유에 떠밀려 선택한 것이 잎이 두 개 달린 10㎝ 정도의 고무나무였다. 인터넷으로 검색해보니 고무나무도 수경 재배가 가능하다는 한 블로거의 글이 눈에 들어왔다. 커피를 마시던 플라스틱 용기에 물을 담고 그대로 고무나무를 담가 두었다.

물만으로도 충분한지 고무나무는 잎이 다섯 개가 달리도록 잘 자랐다. 10㎝ 정도였던 나무가 25㎝가 될 때까지는 문제가 없었는데 어느 날부터인지 자꾸만 몇 장 되지 않는 잎을 떨어뜨리기 시작했다. 식물에 대한 정보가 전혀 없어서 다시 인터넷을 검색해보니 일정한 시기가 지나면 땅에 옮겨 심어주는 것이 필요하다고 했다. 할 수 없이 누가 필요 없다고 한 화분을 하나 얻어다 옮겨 심었다.

특별한 관심 없이 지나칠 때는 몰랐는데 실습 행성 대신이라 생각하고 살피니 우선 화분이 마음에 들지 않았다. 하나는 화원에서 사 온 남색 플라스틱 화분이었고 다른 하나는 유광의 빨강 화분이었다. 행성의 외부환경을 개선하는 셈 치고 화분 서치에 나섰다. 이탈리아 토분 5개의 구매 버튼을 누르고 결제를 마쳤다. 식물은 2개뿐인데 5개나 산 것은 생사여탈권을 가졌으니 '생生'을 주겠다는 마음에서였다.

화분이 도착하고 그곳에 옮겨 심을 식물을 찾기 시작했다. 집에 있는 식물들이 꽃 피우는 종류가 아니니 화려한 꽃을 볼 수 있는 다년생 키 작은 식물을 찾기로 했다. 제법 종류가 많다 싶은 화원에서 이것저것 구경하다 라벤더를 추천했던 지인의 말이 생각이 나서 잉글리쉬 라벤더를 골랐다. 길게 올라온 꽃대 끝에 작은 보라색이 보이기 시작한 터라 곧 짙은 보라색 꽃이 만개할 것이라는 기대에 부풀어 주인에게 별다른 질문도 하지 않고 집으로 가져왔다.

화분에 옮겨 심고 다른 식물들과 똑같은 시기에 물을 주는데 무던하게 기다리는 다른 식물들과 다르게 라벤더는 물을 달라고 보채는 식물이었다. 조금이라도 늦는다 싶으면 꽃대를 아래로 축 늘어뜨렸다가 물을 주면 금방 꼿꼿하게 섰다. 공이 배가 드는 것에 반해 기대했던 것과 같이 보라색 꽃을 가득 달지도 못했다.

보는 즐거움이 기대에 미치지 못해 실망이 짙어져 가는데 자꾸만 물을 달라고 우는 아이처럼 보채는 모습만 보이자 고민이 시작되었다.

그냥 물을 주지 말고 죽도록 놔둘까.

'사死'를 실행할 수 있는 신으로서 진지하고 객관적인 판단이 필요한 시점이라는 생각이 들어 라벤더에게 최종 변론의 기회를 주었다.

나는 당신이 상상했던 모습으로 꽃을 피우겠다고 약속한 적이 없었어요. 그저 어떻게든 살아야겠다고 생각으로 당신에게 물을 줄 시기라는 것을 알려주었던 건데 내 간절함이 당신에겐 버거웠나요. 나조차도 내일 내가 어떤 모습일지 알 수 없지만, 막막한 오늘을 견디기 위해 최선을 다했던 것인데 그 시간도 당신은 함께 걸어가 줄 생각이 없었던 모양이네요. 그런데 왜 나를 데려왔나요.

나는 말을 잃었다. 내가 수없이 던졌던 질문이고 시간 속에 흩어졌던 질문이었다. 조리개에 물을 가득 담아다가 고스란히 비처럼 내려주었다. 라벤더는 아무런 움직임 없이 몸으로 그 물을 다 받아냈다. 신도 미처 알지 못한 것이 많아서 실습이 필요한 것인지도 모른다.

변심은 무죄

고양이가 조용히 다가와 다리에 제 몸을 비비는 순간의 낯섦을 경험해 본 적이 있는가. 지인의 고양이가 주인이 아니라 낯선 나에게 생각지 못한 스킨십을 해왔다. 마당에서 열심히 화초들을 손질하는 지인의 곁에 앉아 이런저런 이야기를 나누는 도중에 갑자기 벌어진 일이었다. 어찌해야 할지 몰라 그대로 얼음이 되었다. 다리 사이를 왔다 갔다 하며 제 몸을 내 다리에 비벼댔다. 고양이의 몸은 온기가 돌아 따뜻했지만, 척추뼈가 느껴질 만큼 힘이 들어가 있었다.

걔 지금 먹을 것 달라고 그러는 거야. 내가 너무 많이 먹어서 점심을 안 줬거든.

고양이의 애교는 상상해 보지 못한 일이었다. 반려동물로 고양이를 집에 들이고 집사를 자처하는 애묘인들이 늘어나기 시작한 것도 비교적 최근의 일이고 고양이를 키우는 사람들의 집에 가도 이렇게 다가와 애교를 부리는 고양이는 보지 못했던 터라 낯선 경험에 긴장한 쪽은 오히려 나였다.

지인은 먹이를 줄 만한 사람이라고 생각되면 저렇게 예쁜 짓을 한다며 별일 아니라고 시큰둥한 반응을 보였다. 하지만 고양이가 간식으로 뭘 먹는지도 모르는 나로서는 여간 난감한 것이 아니었다. 야옹거리면서 자꾸 재촉하는 고양이에게 그저 미안하다, 줄 만한 먹이가 없다, 고 반복 할 밖에.

한참을 공들여도 제가 원하는 것을 얻지 못하자 꼬리를 꼿꼿이 세우고 뒤도 돌아보지 않고 집 밖으로 사라졌다. 집에 가두어 키우지 않아도 제집은 잘 찾아오고 동네 모든 집을 돌아다니며 저 좋아하는 것을 줄 만한 집을 순례하듯 한 바퀴 돌아온다고 했다.

고양이는 사람과 가까이하지 않고 도도하게 제 구역을 주장하며 산다고만 알았던 나로서는 문화충격에 근접하는 경험이었다.

고양이도 저럴 수 있다고? 고양이는 사람하고는 멀리 지낸다고만 알았는데.

곱게 빻은 백반을 땅에 뿌리던 지인은 대답 대신 수국의 꽃말이 무엇인지 아느냐고 물었다. 머뭇거리던 나에게 수국의 꽃말이 '진심과 변심'이라고 했다. 산성이 강한 흙에서는 파란색 꽃을 피우고 알칼리성이 강한 흙에서는 붉은색 꽃을 피우는 특성 때문에 그런 꽃말을 가지게 되었다는 것이었다. 그러면서 제가 어떤 땅에 살고 있는지 꽃의 색으로 알려주는 수국처럼 무엇을 원하는지 행동으로 알려주는 고양이가 다르지 않으며 어쩌면 철저히 자기가 원하는 것을 얻기 위해 하는 행동이 더 고양이답지 않냐고 했다.

진심과 변심. 두 단어에 제일 먼저 떠오른 것은 '사랑'이었다. 둘의 진심이 통해 연인으로 지내던 사람들이 한쪽의 변심으로 타인으로 돌아가는 스토리가 영상이 되어 머릿속에서 차르르 돌아갔다. 변심한 쪽은 나쁜 사람이었으나 사회적으로 성공하고 처음 마음을 지킨 쪽은 좋은 사람이었으나 지난 사랑에 매여 행복한 삶과는 거리가 멀게 산다. 상상이 찜찜한 결말을 찍었다.

이런 고전적인 이야기밖에 떠올리지 못하다니. 세상을 한정된 곳만 빙빙 돌며 살았나 보다, 라는 생각에 관자놀이를 손가락으로 눌러가며 억지로 다른 쪽으로 키를 돌리는데 얼마 전 본 단편 애니메이션 '킷불'이 떠올랐다.

겁이 많아 혼자 집에서 숨어 지내던 작은 고양이는 주인에게 학대당하는 덩치 큰 강아지와 조금씩 가까워지고 마침내 친구가 된다. 또다시 학대당할 위기에 처한 강아지를 도와 도망친 둘은 거리를 떠돌다가 따뜻한 커플을 만나 가족이 된다는 이야기다.

겁 많은 작은 고양이에게 덩치 큰 강아지는 위협적인 존재였다. 강아지를 피하던 고양이는 조금씩 마음을 열고 친구가 된다. 만약 고양이의 마음이 처음과 같이 강아지를 무서워하는 것에만 머물러 있었다면 둘은 친구가 될 수 없었을 것이다. 지인의 마지막 말이 떠올랐다.

중요한 건 어떤 행동을 해도 내가 냥이를 예뻐한다는 거야. 단지 조금 예쁠 때도 있고 더 많이 예쁠 때가 있다는 것이 다를 뿐이지.

어떤 것이 진심이고 변심인지 헷갈리기도 하고 변심이 진심이 되고 진심이 변심이 될 수도 있지만 중요한 것은 거기에 늘 마음이 있다는 것일지도 모른다.

세상에서 가장 많이 변하는 것은 자연이다.
1초도 같은 모습일 때가 없다.
그런 '자연'에 '스럽다'라는 말을 붙이면 '순리에 맞고
당연하다'라는 뜻의 '자연스럽다'가 된다.

네 번째 이야기

풀도 쉬어가는 시간

시골에서는 한여름 더위만큼 풀을 무서워한다. 자고 일어나면 또 제자리에 복붙한 것 같이 채워져 있으니 밤마다 되풀이되는 악몽이 따로 없다고. 아파트에 사는 나로서는 작게만 공감할 수 있는 문제지만, 시시각각 다가오는 죽음에 대한 공포가 사방에 깔려있다고 생각하면 절박해지는 것은 오히려 풀 쪽이 아닐까.

작은 틈새에 뿌리를 내리려 비집고 들어가 해 좋은 방향을 찾아 줄기를 늘려가는 몸짓에 빈 곳을 채우면 사람 눈에는 필요 없는 풀이 자란게 되어버린다. 가만히 보면 가녀린 줄기와 작은 잎, 여리디여린 꽃잎을 달고 있는 작은 생명에 불과한데 말이다. 그러니 한 시인이 써 내려간 구절처럼 자세히 보아서 예쁘지 않은 것이 어디 있겠는가.

끝도 없이 자라는 것처럼 보이는 풀도 잠시 쉬어가는 시간이 있다. 태양의 열기가 절정을 향해 치닫는 시간이 되면 작은 꽃잎을 접는다. 나비, 벌을 불러들이는 일도 잠시 멈추고 그늘에서 숨을 고른다. 재충전의 시간 후에 더 짙은 향기를 공중에 퍼뜨리기 위한 잠깐의 단절이다.

나에게도 그런 시간이 있다. 어릴 때는 억울하거나 서운한 일이 있으면 혼자 방에 들어가 이불을 머리끝까지 뒤집어쓰고 혼자 씩씩거리다가 잠이 들곤 했다. 한잠 푹 자고 일어나면 서운했던 일도 억울했던 일도 저절로 사라졌다. 그런 나를 보고 엄마는 이렇게 말하곤 하셨다.

이제 다 나았나 보네.

이 버릇은 커서도 계속되었다. 혼자 삭혀야 하는 일이 있을 때마다 조용히 누울 자리를 찾아다녔다. 차이가 있다면 어릴 때처럼 잠으로 해결이 어렵다는 것. 스르륵 찾아오던 잠이 다 도망가고 억지로 청해도 찾아오지 않아 몸을 뒤척이다가 이성적인 반성으로 결론을 내는 빈도가 증가했다.

잠 속에서 자연스럽게 녹아 없어지던 문제를 이성적인 판단으로 해결하려니 억지로 잘잘못을 가려야 했다. 결론의 반 이상은 내가 무얼 잘못했다는 형식으로 맺어졌다. 왜 나는 항상 무언가를 잘못하는 사람인가에 대한 의문을 다시 남겼다.

대안으로 찾은 방법이 역할놀이다. 말이 역할놀이지 실제로는 혼자 모든 배역을 소화한다. 시나리오도 혼자 쓰고 연출도 내가 맡는다. 가장 큰 특징은 관객도 나 혼자. 공간은 상상이 가능한 뇌극장.

마음에 들지 않으면 얼마든지 다시 반복할 수 있다는 것은 장점이다. 평소에도 꿈을 꾸는 도중에 잠에서 깨는 일이 잦다. 자는 것도 아니고 깬 것도 아닌 경계 선상에서 꿈의 전개가 마음에 들지 않으면 다시 되감기 버튼을 누른다. 원하는 결론에 도달할 때까지 반복. 그렇게 끝맺고 일어나면 기분이 좋다. 원하는 대로 끝이 났으니까. 누가. 내가. 이 경험으로 나는 역할놀이를 생각해 낸 것이다.

이 놀이는 사르트르의 문학작품 속에 등장하는 '거울 놀이'와도 비슷하다. 방 안에 여섯 개의 거울을 놓고 말하는 자신을 마치 다른 사람이 쳐다보는 듯이 생각하면서 거울 속의 자신을 쳐다보는 주인공이 되는 것이다. 다른 사람들이 보는 나를 조금이나마 이해할 수 있다. 이 과정을 통과하면 앙금처럼 가라앉았던 찌꺼기들이 사라진다.

태양이 누그러들고 조금 선선한 바람이 불기 시작하면 풀은 다시 꽃잎을 펼친다. 씨를 맺고 그것을 퍼트리기 위한 본능이지만 안으로 응축된 에너지가 다시 허공에 줄기를 쌓아간다.

모든 삶에 필요한 과정이다. 안으로 나를 추스르기 위한 세상과 단절의 시간, 높이 뛰어오르기 위해 개구리가 한껏 움츠리는 시간. 항상 입에 달고 사는 바쁘다, 시간이 없다는 말 대신 풀이 쉬어가듯 내 안에 쌓인 찌꺼기를 스스로 태우는 시간. 자연은 아직도 본능적으로 기억하고 있는데 인간은 어느새 잊어버린 나를 되찾는 타이밍. 인간이 진절머리내는 풀도 쉬어가는 시간이 있다.

아직 호미 날에 뽑혀 나가지 않은 풀이 피운 꽃을 자세히 바라보면서 얼마 전 본 오컬트 영화의 내레이션이 떠올랐다.

생은 참으로 허무한 것이나 모든 것은 그 나름의 의미가 있는 법이다.

이름을 달고 업고

내가 사는 아파트 1층에 어린이집이 있다. 집에서 나가는 시간이 불규칙하다 보니 어쩌다 시간이 맞으면 선생님 손을 잡고 뒤편에 있는 놀이터로 외출 나가는 아이들 뒤에 설 때가 있다. 어른 걸음으로는 얼마 걸리지 않는 거리지만 아이들 행렬은 더디 움직인다. 한두 걸음 앞으로 갔다 싶으면 누군가 꼭 멈춰서 질문을 한다.

선생님, 저기 꽃이 있어요.
이거 이름이 뭐예요?

손가락 하나를 뻗어서 가리키는 곳을 쳐다보면 하나같이 제 시선보다 낮은 곳이다(재밌게도 아이들은 낮은 곳을 자주 바라보고 어른들은 높은 곳을 더 많이 바라본다). 선생님은 손가락이 가리키는 곳을 살펴 열심히 대답해주신다. 한 아이가 질문하고 선생님이 답을 하면 또 다른 아이가 질문 한다. 꼬리에 꼬리를 물고 이어지는 질문이 재미있어 살짝 떨어져 구경하게 되었다. 아이들은 아파트 화단에 관심이 많았다. 질문이 한 바퀴 돌았을 때 아이가 놀란 목소리로 다시 선생님을 불렀다.

저기 벌레, 벌레….

이번에도 집게손가락 하나를 눈동자 무리가 뒤따랐다. 긴 풀잎에 매달린 초록색 벌레를 확인하자 동시에 말이 쏟아졌다. 이름이 뭐예요, 저기서 뭐 하고 있어요, 풀하고 똑같은 색이에요. 사소하게 지나치던 풍경에서 아이들의 시선이 특별한 순간을 건져 올렸다.

근데, 벌레 위에 벌레 있어요.

모두 더 바짝 당겨 앉았다. 자세히 보니 정말 등에 저와 꼭 닮은 모양이 하나 더 있었다. 이때부터 선생님이 곤란한 질문 공세를 받기 시작했다. 얘도 엄마예요, 이거 가짜 아기 맞죠, 나쁜 벌레는 아니죠, 뭐 먹고 살아요. 그중 귀에 쏙 박히는 질문은 이것이었다.

얘는 이름이 두 개 필요해요. 큰 벌레하고 작은 벌레.

아이들에게 질문을 받는 일에 익숙했던 탓인지 선생님은 당황하지 않고 능숙하게 질문을 질문으로 돌려주었다.

그럼 너희들이 생각하기에 이 곤충 이름이 뭐일 것 같아?

한참 두 개의 이름 짓는 일에 몰두하던 아이들은 계속 아기를 업고 다녀서 힘들겠다는 결론을 내고서야 선생님과 놀이터로 향했다.

나머지 하루를 보내는 동안 이름에 대해 생각했다. 아이들이 두 개의 이름이 필요하다고 했을 때 이미 많은 이름을 지고 있지 않을까 그래서 이름에서 벗어나길 희망하지 않을까 지레짐작했다. 제 맘에 드는 이름을 대는 아이들의 즐거운 표정을 보면서 첫 이름과 그때의 첫 마음을 떠올렸다.

아이가 태어나고는 모든 것이 처음이었다. 가장 설렜던 처음은 이름을 알려주는 일이었다. 눈 맞출 때마다 제 이름을 불러줬고 엄마라는 이름을 수없이 반복해줬다. 그러다 정확하지도 않은 발음으로 '엄마'를 말했을 때 평생을 '엄마'라는 이름으로 사는 것에 감사한 첫 마음을 가졌었다.

그 뒤에 행복한 일만 있으리라 생각한 적은 없었으나 이름을 하나 더 얻는 것에는 그만큼의 책임이 뒤따랐다. 상황에 따라서는 가볍지 않은 경우도 많았다. 잊지 말자고 했던 그 처음의 마음을 수도 없이 잊고 방황하기도 했다.

살면서 얻은 이름이 '엄마'만은 아니었다. 때가 되면 저절로 이름이 하나씩 얹어졌다. 이름을 달고 업고 살게 되었다. 보태지는 이름마다 부가세처럼 따라붙는 무엇이 있었지만, 처음에는 제일 먼저 기쁨이 따라왔다. 덧붙여지는 시간에 기쁨이 묻히고 이름이 버겁게 다가올 때 잊지 말아야 할 것은 바로 그것이었다.

닳고 없은 이름이
무겁게 느껴질 때마다
첫 순간의 기쁨을
생각하려 한다.

공주를 구하고 싶습니다

신데렐라, 백설공주, 인어공주, 잠자는 숲속의 공주. 디즈니가 모두 애니메이션으로 만든 공주 시리즈 중 일부다. 디즈니가 만든 공주 이야기에는 대부분 왕자가 등장한다. 어려움에 당면한 공주들을 왕자가 돕고 둘은 서로 사랑에 빠진다.

나는 이 이야기들이 좋았다. 이야기 속의 공주는 아름답고 왕자는 멋있다. 공주가 왕자와 사랑에 빠지는 이야기에 전혀 이의가 없다. 다른 상상은 많이 해봤지만 내가 공주가 되는 상상은 하지 않았다(어딘가 구색이 맞지 않는다). 대신 세상 어딘가에 두 주인공이 사는 세상이 있을 거라고 믿는다.

양성평등이라는 단어가 나타났다. 디즈니의 공주 이야기들이 양성평등에 부정적인 영향을 미친다는 의견이 대세가 되었다. 사람들은 디즈니가 만들어 낸 공주 이야기를 전부 클리셰로 몰고 갔다. 다양한 모습의 공주가 이야기의 주인공이 되었고 기존 공주 이야기의 다른 버전이 만들어졌다. 모두 충분히 멋진 캐릭터였다. 누구나 스스로 자신의 운명을 개척할

만한 충분한 능력을 갖추고 있다는 것에도 동의한다.

하지만 개인적으로는 여전히 '아주아주 먼 옛날'로 시작하는 '잠자는 숲속의 공주' 옛 버전이 가장 좋다.

오랫동안 아기를 기다리던 왕과 왕비가 있었다. 드디어 오로라 공주가 태어났다. 축하하기 위해 사람들이 궁으로 모였다. 이웃 나라의 휴보트 왕과 필립 왕자도 찾아왔다. 이 자리에서 두 왕은 필립 왕자와 오로라 공주를 결혼시키기로 약속했다. 세 요정도 찾아와 하나씩 선물을 준다. 아름다움과 노래를 선물했고 마지막 요정이 선물을 주려는 순간 마녀 말레피센트(지금은 안젤리나 졸리 밖에 떠오르지 않지만, 번역된 자막에는 이름조차 나오지 않고 그냥 마녀로만 불린다)가 나타났다. 초대받지 못한 것에 기분이 상한 마녀는 오로라 공주가 16살이 되면 물레의 바늘에 찔려 죽게 될 것이라는 저주를 남긴다. 마지막 요정은 공주가 죽음 대신 깊은 잠에 빠져 진실한 사랑의 입맞춤으로 깨어날 수 있게 해준다. 물론 결말은 누구나 알고 있듯이 필립 왕자가 오로라 공주를 마녀의 저주로부터 구해내고 행복해진다는 것으로 끝난다.

지금까지 이 이야기를 좋아하는 이유는 필립 왕자 때문이다. 오로라와 필립은 숲에서 딱 한 번 만난다. 단 한 번의 만남에 필립은 운명임을 직감하고 오로라를 구하기 위해 돌진한다.

만약 나였다면 백번쯤은 물음표를 붙였을 일에 말이다. 나는 그런 사람이다. 내가 하는 일에 언제나 의심과 후회를 달고 산다. 사람들은 나를 보고 하고 싶은 말을 다 하는 사람, 언제나 새로운 일을 찾아서 도전하는 사람이라고 말하지만, 집에 돌아와 혼자 있는 시간이면 가장 많이 하는 일이 후회다.

그 말을 왜 했을까, 왜 그렇게 말하지 못했을까, 괜한 일을 했나, 그렇게 행동했어야 했나 등등. 어떤 것은 하지 못해서 또 다른 것은 해서. 수도 없는 이유로 하루를 다시 산다. 자꾸만 꼬리를 무는 생각이 너무 피곤해서 후회하는 순간을 후회하는 지경에 이르면 거추장스러운 것들을 모두 누군가에게 떠넘겨 버리고 그냥 용에게 칼을 던져 버리는 필립으로 살고 싶다.

미국 심리치료사 머리 보웬은 심리적인 성숙도가 높은 사람일수록 자신과 비슷한 사람에게 끌리는 반면 어리거나 성숙하지 못한 자아를 가진 사람일수록 자신과는 다른 성향에 끌린다는 연구 결과를 발표했다. 사람들은 심리적인 불안에 대응하는 자신의 방어기제와 상반된 방어기제를 가진 사람에게 매력을 느끼는데 자신의 태도에 불만이 많거나 미처 성숙하지 못한 자아를 가진 사람들일수록 그런 경향이 더 강하다는 것이다.

불편하긴 한데 반복해서 읽을수록 부정할 수가 없다. 나는 생각하는 사람이고 필립은 행동하는 사람이다. 한 번의 기회가 주어진다면 필립과 바꿔보고 싶다.

딱 하나의 특명만 받아들 것이다.

가서 공주를 구해와라~

필립이 나 대신 생각의 굴레에서 헤매는 동안 말이다.

알에서 깨어나
3일만 로열젤리를 먹고
21일 만에 꿀을 찾아 나선 후
6개월 정도 사는 꿀벌도
딱 한 가지 일만 한다.

그런데 과연

미술 전시회 관람 후 갤러리를 나서는데 전시장 앞에 유난히 젊은 커플들이 많았다. 소란스러운 여름의 뜨거운 햇살 아래서도 당당한 젊음이 와이어에 납치당해 거리에 작품처럼 걸렸다. 그중에서도 유난히 어린 커플에 눈이 갔다.

저기 봐, 저 여학생 다리 진짜 길다.

요즘엔 저런 애들 진짜 많아. 저 정도면 그냥 평범한 거야.

진짜? 저게 평범한 거라면 나도 평범에 포함되어서 살고 싶다.

학년 초마다 모두 복도로 나와 키 순서로 줄을 섰다. 그 순서가 일 년 동안 사용할 번호가 되었다. 1번에서는 겨우 벗어났지만 2번은 거의 내 차지였다. 어느 한 시절도 큰 축에 속해보지 못했다. 그러니 저 정도가 평범이라면 '평범에 포함되어 살고 싶다'라는 마음은 진짜 소망이다. 거기서 대화는 끝났지만 내가 생각하는 것과 지인이 생각하는 '평범'이 같지 않다는 것은 서로 알 수 있었다.

어떤 말은 사전적 정의로는 부족해 사회적인 합의가 각주처럼 따라붙어야 한다. 그중에 하나가 '평범'이라는 단어다. '뛰어나거나 색다른 점이 없이 보통이다'라는 정의를 마주하면 그럼 '보통'은 도대체 무엇인가 하는 의문이 자동으로 튀어나온다. '보통'의 사전적 정의는 '특별하지 않고 흔히 볼 수 있음'으로 되어 있다. 두 단어의 정의를 나란히 놓고 읽고 있자니 사자가 제 꼬리를 물고 빙빙 돌던 동화책의 한 장면이 떠오른다.

평소에도 사람들과 얘기하다 보면 그저 평범하게만 살고 싶다, 는 말을 자주 듣는다. 딱히 먹고 사는 것에 걱정이 없으면서 별다른 어려움 없이 하고 싶은 일에도 적당히 몰두할 수 있어서 취미 하나쯤은 있고 집안에도 큰 근심거리가 없는 상태로 사는 것, 이 내 또래의 사람들이 생각하는 평범한 삶이다.

그런데 우리도 안다. 이런 삶을 사는 것이 얼마나 어려운 일인지. 평범하게 사는 것이 사실은 제일 어려운 일이라는 결론에 모두 고개를 끄덕이는 것도 그런 삶을 살 수 있는 사람은 소수에 불과하고 개인적으로는 어쩌면 이룰 수 없는 최고의 바람이라는 것을 잘 알고 있기 때문일 것이다.

사람들은 왜 평범하지 않은 바람을 '평범하다'라는 단어를 빌어서 표현하는 것일까. 정확한 이유가 될 수 있을지는 모르겠지만 두 가지가 떠오른다. 하나는 일본의 '와문화和文化'다. '조화를 이룬다'라는 의미지만 조직을 유지하기 위해서 돌출되는 행동이나 튀는 행동을 하지 말아야 한다는 경고가 바탕에 깔려있다. 우리나라도 크게 다르지 않다. '어때?'라고 묻는 윗사람의 질문에 당당히 '별론데요'를 외칠 수 있는 사람은 여전히 소수다.

다른 하나는 게임이다. 한때 인기 있는 퀴즈프로그램에 단체로 푸는 O/X 코너가 있었다. 직접 몸을 움직여서 한 곳을 선택해야 했는데 답에 확신이 없는 사람들은 고민하다 사람들이 많이 모인 쪽을 선택했다. 비록 틀려도 혼자 틀린 것이 아니라는 사실에 안도감을 느끼는 표정이었다.

남의 눈에 띄는 두드러짐을 불편해한다는 것은 우리가 쓰는 언어에서도 찾을 수 있다. '모난 돌이 정 맞는다'라는 속담이나 '둥글둥글하게 살아라'와 같은 관용적 표현이 여전히 충고처럼 널리 쓰인다는 것은 이것이 우리 사회의 보편적 정서임을 보여주는 단면이다.

아무리 개성이 존중받는 시대이고 스스로 능력을 드러내야 한다는 분위기로 가고 있다지만 '겸손'이 여전히 기본 소양으로 꼽히는 세상에서 드러내놓고 다른 사람과 다르다고 말하는 것은 위험을 감수해야 하는 일인 것이다. 그렇기에 남들과 같지 않은 바람이나 기준을 '평범'이나 '보통'과 같이 안전한 낱말에 숨겨 표현하는 우회적인 방법을 사용한다.

그런데 거기에는 예상하지 못한 부작용이 있었다. 각자가 생각하는 바람과 기준이 너무 다양해서 시간이 갈수록 같은 단어를 같은 생각으로 이해할 수 없게 되어버렸다. 아무리 또박또박 말해도 자꾸만 엉뚱한 대답을 내놓는 인공지능과 대화하는 듯한 답답함을 없앨 수 있을까.

박완서 작가도 『보통 사람』이라는 작품에서 보통 사람을 설명하기가 얼마나 어려운지에 대해 이야기한다. 사위의 조건으로 보통 사람을 생각해 낸 작가는 많은 사람이 쉽게 공감하고 사용하는 단어지만 보통 사람에 대한 기준을 잡는 것이 얼마나 힘든 일인지 이야기한다. 그러면서 사람들은 누구나 자기를 보통 사람이라고 생각하고 싶어 하고 그럴 때 마음이 편안한 것 같다고 썼다. 그리고 뿔만 안 달렸으면 다 보통 사람이라고 대답하겠다고 글을 마무리한다.

뛰어난 통찰력을 지닌 작가에게도 어려운 일이라니 내가 해결하지 못했다고 해서 능력 부족을 탓할 필요는 없겠다. 그런데 과연 먼 시점의 언젠가에라도 이 문제가 해결되기는 할까.

남의 눈에 띄는
두드러짐을
불편해한다는 것은
우리가 쓰는 언어에서도
찾을 수 있다.

떠다니는 수학

한여름의 뜨거운 햇살을 견디기 어려운 것은 사람만이 아니다. 땅속에 있던 물은 식물이 빨아올리기도 전에 증발해서 푸석거린다. 여린 뿌리밖에 의지할 곳 없는 가녀린 풀이 갈색의 바스락거리는 잎을 달고 사투를 벌이는 모습을 보면 안쓰럽다.

시선을 조금 위로 옮기면 풀보다는 한결 여유롭게 여름을 넘기는 나무들이 눈에 들어온다. 몇십 년을 넘어 몇백 년이 되는 시간 동안 땅에 단단히 박아온 뿌리로부터 끌어올린 물로 지혜롭게 잎을 늘이고 꽃을 피운다.

그중에서도 초록이 대세를 이루는 가장 뜨거운 여름에 맞춰 붉은 꽃을 피우는 백일홍 나무가 눈에 띈다. 본래 이름은 배롱나무지만 꽃이 피기 시작하면 아래에서부터 위로 올라가면서 백일을 간다고 해서 백일홍으로 더 자주 불린다.

배롱나무는 선비들의 사랑을 받았다. 다산 정약용이 "청렴은 목민관의 본분이요 모든 선의 근원이요 덕의 바탕이니

청렴하지 않고서는 능히 목민관이 될 수 없다"라는 말로 청렴을 강조했던 것처럼 나라를 이끌어 나갈 선비의 제일 덕목은 청렴이었다. 일 년에 한 번씩 스스로 껍질을 벗는 배롱나무의 줄기를 보면서 청렴과 무욕을 잊지 않고 되새기는 계기를 가졌다고 한다.

선비의 자질로 청렴을 몸에 익혔다고는 하나 공부하는 선비들의 바람은 역시 과거에 급제해 벼슬길에 오르는 것이었다. 그 마음을 은유 없이 담은 그림이 '약리도躍鯉圖'이다. 중국 황화의 상류에 '용문'이라는 협곡이 있는데 물살이 폭포와 같아 큰 물고기들도 오르기가 쉽지 않았다고 한다. 그래서 일단 오르는 데 성공한 잉어는 용으로 변한다고 하는 이야기가 『후한서後漢書』를 통해 전해져온다. 이 이야기에서 '등용문'이라는 말이 생겨났고 그림으로 표현한 것이 '약리도'이다.

벽에 걸린 약리도를 보면서 마음을 한 번 다지고 배롱나무를 보며 흐트러진 자세를 바로잡았을 선비들의 모습은 지금도 낯설지 않다.

뜨거운 여름조차 괴롭히지 못하는 사람. 바로 수능을 앞둔 수험생들이다. 얼마 전 오랜만에 만난 지인에게 근황을 물으니 수능을 앞둔 딸 때문에 같이 수험생이 된 기분이라고 했다. 수학에서 원하는 만큼의 등급이 나오지 않아 얼음공주가 따로 없다고. 차라리 자신이 공부하는 것이 마음이 더 편

할 것 같다고도 했다. 한껏 예민해진 딸의 기분을 맞추는 일이 얼마나 고단한 것인지 짐작 가는 바가 있었지만 대신 공부하고 싶다는 말에는 쉽게 동의할 수 없었다.

학창시절 공부를 즐기는 학생이 못 되었다. 제일 못하는 과목은 수학. 싫어하는 과목도 수학이었다. 못하니까 싫었고 싫으니까 더 못하는 악순환을 몸소 경험했다.

그렇지만 완전히 손 놓을 수도 없는 과목 역시 수학이었다. 어떻게 공부해야 하는지를 몰라서 수학을 잘 하는 친구들이 본다는 문제집을 따라 샀다. 그게 '수학의 정석'이었다. 당시에는 흔치 않은 양장 제본이라 공부하는 티를 내기에는 그만한 책이 없었다. 일부러 가방에 넣지 않고 손에 들고 다니기도 했었다.

들고 다닐 때는 폼나는 장식품이었지만 펼치면 난해한 짐이었다. 똑같은 한글인데도 수학적 설명은 머릿속에 쉽사리 들어오지 않았다. 책장을 펼쳤다가 포기하고 포기했다가 다시 펼치기를 무한 반복했다. 그 덕에 집합 페이지만 손때로 까매지도록 봤다. 집합과 관련된 문제만큼은 자신 있게 풀 수 있었으나 여전히 백지처럼 알기 어려운 나머지 때문에 많은 수포자들처럼 사회에 나가 수학이 무슨 소용이 있겠냐는 생각으로 위안 삼았다.

세상은 언제나 아이러니를 숨겨둔다. 시간이 흘러 굳이 수학을 욕망하지 않아도 되는 수포자였던 사람이 수학을 소비하기 시작했다. 만나는 사람들 머리 위에 집합 풍선을 하나씩 매달기 시작한 것이다.

A와 나는 공통점 하나 없는 공집합, B와는 원소 2개가 겹치는 교집합, C와는 거의 부분집합 수준, D는 원소 파악 중. 내 나름의 벤다이어그램을 공중에 그려보면서 두 가지를 알게 되었다.(수학의 신인 사람들이 본다면 코웃음을 칠 수도 있겠다.)

하나는 나랑 정말 안 맞는다고 생각해서 밀어내고 싶었던 사람도 알고 보면 부분집합(공집합은 모든 집합의 부분집합이다.)의 관계가 성립하고 정말 나와 똑같다고 생각한 사람도 완전한 합집합은 아니라는 것이다. 완전히 같은 사람도 완전히 다른 사람도 없다, 면 사람을 편식할 필요가 없다는 뜻이기도 하고 맞는 사람을 찾아 유랑을 다닐 이유도 없다는 의미가 되겠지.

다른 하나는 세상은 아는 만큼 보인다는 말은 사실이라는 건데 부끄럽게도 내가 수학을 좀 더 잘 하는 사람이었다면 세상의 다른 부분도 수학으로 볼 수 있지 않았을까, 하는 마음을 갖게 되었다는 것이다. 지금의 나는 벤다이어그램 밖에 못 그리지만, 아인슈타인이었다면 새로운 이론을 만들어 냈을 수도 있으니까.

저마다 자기가 아는 만큼의 수학이 떠다니는 세상을 상상하면서 이 여름 인생의 어느 한 부분을 걸고 열심히 노력하는 모든 이들에게 전하고 싶다.

그 옛날의 선비들처럼 한여름을 같이 통과하는 배롱나무와 벽에 걸린 약리도가 힘이 되어 원하는 바를 모두 이루었으면 좋겠다고. 조금만 더 힘을 내라고.

끝에 남는 건 언제나 나

어떤 날이 있다. 그러니까 문득 오늘 같은 날을 몇 번이나 더 견뎌야 할까 싶은 막막함과 접촉사고가 발생하는 그런 날 말이다. 자동차사고라면 보험회사에 전화로 사고처리를 위임하는 순간 다른 사람들이 알아서 매뉴얼 대로 처리해주니 신경 쓸 필요가 없는데 이런 경우는 좀 막막하다.

나와 같이 사는 사람은 나와 정반대 편에 있는 사람이다. 결혼 생활이 권투나 UFC 경기는 아니지만, 각자 청코너와 홍코너라는 확실한 자기 구역이 있다. 물론, 초창기에는 상대를 나와 같은 색으로 물들여 통일국가를 건설해보겠다는 꿈도 있었다. 덕분에 작은 사각 링 정복을 위한 크고 작은 전투가 잦았다.

하지만 이내 사람이 타고난 본성을 거스르는 일은 가능성 zero에 가깝다는 것을 깨달았다. 휴전에 돌입했고 눈치껏 절대 건드리지 말아야 할 지뢰만 피해가며 서로를 '용인'하는 법을 자연스럽게 배웠다.

'지금'이 중요하고 계획에 맞추어 사는 것을 감옥처럼 답답해하는 남의 편인 그는 자기애(?)가 넘친다. 같은 장소에서 같은 사람들과 시간을 보냈어도 나중에 조용히 이런저런 이야기를 나누다 보면 기억하는 것의 대부분은 본인이 한 말뿐이다.

그때 △△가 그런 말을 했잖아. 그게 무슨 뜻일까?
그래? 그런 말을 했었나. 언제. 난 못 들었는데.

상대방의 표정까지 기억하는 나와 달리 그 사람이 한 말이 기억에 없다며 백지와 같은 표정을 하면 더 타박할 말도 생각나지 않는다.

못 들은 것이 아니라 들을 마음이 없었던 거겠지.

말로 내뱉는 것은 선을 넘지 않기로 한 규칙 위반이라는 것을 뻔히 알고 있는 터라 속으로만 중얼거린다. 어떻게 초지일관 모든 관심사가 본인에게 머무를 수 있을까, 하고 생각하는 것은 정말 궁금하기 때문이다.

한술 더 떠 그는 무엇이든 본인이 행복해지는 방향으로 받아들인다. 상대방이 예의상 건네는 좋은 말은 100%의 순도를 지녔다고 감정하지만 듣기 불편한 말들이 오가면 그 말을 심각하게 받아들이는 대신 쓱 흘려버린다. 하룻밤만 지나도 그런 일이 있었나, 하는 식이다. 나에게 자주 하는 충고도 이런 식이다.

신경 쓰지 마. 어떻게 그런 걸 다 생각하면서 살아.

20년이 넘도록 그런 모습만 보고 살았던 나는 '그'만큼은 스트레스와는 1도 관계가 없는 구역에서 별도로 사는 사람이라고 결론 내렸다. 당신은 정말 좋겠다 스트레스 안 받아서, 라는 말을 자주 한 것도 진짜 부러운 마음이 있었기 때문이었다.

그런데 직장에서 있었던 일마저도 시시콜콜하게 별일 아니라는 듯이 얘기하던 사람이 며칠 입을 꾹 닫고 누군가와 전화통화만 심각하게 했다. 무슨 일 있냐고 물으면 아냐라는 단답형의 대답이 돌아왔지만 크게 마음 쓰지 않았다. 얼마나 가겠느냐는 얕은 계산도 일부 있었지만, 무엇보다 평온하게 나만의 시간을 가질 수 있는 일상이 나쁘지 않았기 때문이었다.

그렇게 지나간다 싶었는데 갑자기 몸이 이상하다는 말을 꺼냈다. 뭔가 딱 꼬집어 얘기할 수는 없지만 느낌이 좋지 않다는 것이었다. 나는 이것도 별로 심각하게 듣지 않았다. 몸에 좋다는 약이며 음식에 유난히 민감하고 집을 작은 약국 수준으로 만들어 놨으며, 조금만 불편하면 병원으로 바로 직진하는 사람이었기 때문이었다. 담당 의사한테 가서 상담을 해보라는 뻔한 반응만 보여주고 말았다.

나 병원이야.

갑자기 걸려온 전화에 당황해 병원으로 가 보니 뇌경색으로 급히 입원해 있었다. 왼쪽 눈 밑이 찌르르하더니 말이 어둔해지는 느낌이 들어 바로 응급실을 찾았다고 했다. 워낙 일찍 병원을 찾은 덕에 별다른 예후 없이 처치를 받고 이틀 만에 퇴원했다. 집에 들어와서 제일 먼저 한 말은,

결국, 중요한 건 나야. 스트레스받고 살아서 좋은 거 하나 없다니까. 난 살던 대로 살래.

화려한 복귀식으로 그는 다시 예전의 자신을 되찾았다. 그래. 끝에 남는 건 언제나 나라는 사실엔 나도 동의.

가느다란 줄기를 길게 올려 과하게 화려한 꽃잎을 흔들며 휘청거리는 양귀비를 볼 때마다 나는 이보다 자기애가 넘치는 꽃이 있을까 하는 생각을 한다. 그리고 좀 넘치는 자기애로 사는 것도 괜찮지 않을까 하는 생각도.

다섯번째 이야기

그건 좀 아닌 것 같습니다만

시골에 사는 장점 중 하나는 농사를 짓지 않아도 반 농사꾼이 될 수 있다는 점이다(물론 이론 박사라는 한계점은 있지만). 서당 개 삼 년이면 풍월을 읊는다는 말처럼 농부들의 대화만 잘 들어두어도 농사 초보들에게 훈수 한 두 마디는 건넬 수 있다.

예를 들어 다른 사람들은 농사가 잘 되어서 수확이 많은데 유독 본인 밭의 식물만 웃자라거나 발육이 부진하다는 사람들에게는 적기 파종의 중요성을 이야기해준다. 제때에 심으면 추가적인 노력을 들이지 않아도 평균치 수확이 가능하다는 것이 이견 없는 농사이론이다. 그럼 그 '때'라는 것을 어떻게 알 수 있느냐는 질문이 따라붙기 마련인데 이때는 당황하지 않고 동네에서 제일 경험 많은 농부의 조언을 따르라고 한다.

농사는 반 이상은 하늘이 도와줘야 하고 그 나머지가 농부의 몫이다.

과학적 정보가 충분한 세상이지만 농사만큼은 자연의 힘이 가장 강력하고 그다음이 사람의 힘인데 농부에게 경험만큼 중요한 자산이 없다는 것이 시골 농부들의 중론이다.

그래서 시골 생활은 혼자라는 것이 불가능하다. 예전만큼은 아니어도 농사는 시작부터 수확할 때까지 다른 사람의 손을 빌어야 할 일이 많다. 모종을 나누고 약 치는 시기를 의논하며 추수 때면 서로 일손을 보태 더불어 사는 공간이 시골이다.

끈끈하게 이어진 유대관계를 '시골 정서'라고 부르며 '정'이 넘치는 곳이라고 하는 밑바탕에는 오래도록 유지되어 온 농사라는 배경이 있다. 현대화되면서 잃어가고 있는 것이 '정'이라고 그리워하는 사람들도 있으나 동시에 모두에게 이런 시골 정서를 공유하는 것이 반가운 것은 아니다.

확대경으로 조금 더 들여다보면 그 이유를 알 수 있다. 이웃집 숟가락이 몇 개라는 것까지도 알고 사는 것이 전통적인 시골의 삶이다. 특히 한 마을에서 오래 산 사람들은 서로의 속사정은 물론이고 집안의 역사까지도 꿰고 있는 경우가 많다. 어려울 때 힘을 보태주고 같이 해준다는 장점도 있지만, 자주 집 안 곳곳까지 모르는 사람들과 동거하는 기분이 들기도 한다.

마을을 벗어나 아파트 밀집 지역에 산다고 해서 도시처럼 자유로운 개인의 삶을 사는 것도 아니다. 언젠가 한 TV 프로그램에서 인터뷰한 새내기 대학생의 인터뷰가 기억에 남는다.

서울에 와서 제일 좋은 점이 뭐였어요?

제일 좋았던 건 밖에 나가 돌아다녀도 아는 사람을 한 명도 만나지 않은 것이에요. 제가 살던 곳에서는 밖에서 만나는 사람들이 다 아는 사람들이어서 전부 인사해야 하는 어른들이었는데 서울에서는 그런 사람을 만날 수가 없었어요. 그게 너무 좋았어요.

듣는 내내 공감했다. 한국사회는 7명만 거치면 다 아는 사람이라는 우스갯소리가 있지만, 시골에서는 굳이 7명을 거칠 필요도 없다. 마음만 먹으면 아니 마음을 먹지 않아도 궁금하지 않은 사람까지도 알게 되는 것이 시골이다.

그러다 보니 어떤 경우라도 그 대답이 부정적일 경우 솔직하게 말하기 어렵다. 한 사람에게 주는 부정적인 이미지가 순식간에 나를 그런 사람으로 단정 짓게 만들고 평가가 되어 많은 이가 공유할 수 있다는 불안이 따라다니기 때문이다.

대면 없이 나를 만나는 사람들의 시선까지 생각해서 의식적이며 습관적으로 좋은 말만 한다. 다른 사람이 의견을 물으면 긍정적인 피드백만 돌려주고 모든 상황에 공감할 수 있다고 한다. 하지만 등장인물이 모두 마주 보며 웃는 얼굴로 클로징했다고 영화의 결말을 해피엔딩이라고 할 수 있을까.

모든 사람에겐 자신이 꿈꾸는 이상향이 있다.

한 섬이 있다. 10만 명의 사람들이 살고 있는데, 이 섬에는 군사 독재도 없고 화폐도 없다. 주민들은 각자 시장에 가서 자기가 필요로 하는 만큼 물건을 가져다 쓰면 된다. 집들은 모두 똑같고 문에는 자물쇠가 없다.

토머스 모어가 『유토피아』라는 책에 쓴 낙원의 모습이다. 허균은 『홍길동전』에서 율도국이라는 곳을 통해 꿈꾸는 세상을 그렸다.

나 역시 지금, 바라는 세상이 있다.

무조건 'Yes'라고 말하는 사람이
긍정적이라는 프레임이 통하지 않고
내가 아니라고 생각하는 일에

'그건 좀 아닌 것 같습니다만'이라고 말해도
불편한 사람으로 낙인찍히지 않는 세상

세상이 변하고 있다고 한다. 변하는 세상이 '소통'과 '공감'이라는 말로 무조건 'Yes'를 강요하지 않고 아니라고 말할 수 있는 자유는 남겨두는 곳이었으면 좋겠다.

미안해

타지에서 기숙사 생활을 하는 아들에게 전화가 왔다. 이런저런 얘기를 하다가 복날인데 치킨이라도 먹었냐고 물었다. 한 번 시키면 2-3만 원은 쉽게 나오는 통에 한 끼 지출비용 초과라 꼬꼬면으로 대신했다고 했다. 평소에 독립심을 강조하는 나였지만 좀 짠한 마음에 집에 내려오면 먹고 싶은 거 사줄 테니 같이 가자는 약속을 하고 전화를 끊었다.

전화를 끊고 나서 문득 이런 생각이 들었다.

집에 오면 뭐 해줄까 하는 말 대신 맛있는 거 사 먹자는 말이 더 자연스럽네. 아들은 '엄마' 하면 떠올릴 음식이나 있을까?

엄마의 음식은 언제나 맛이 있었다(물론 지금도 그렇지만 안타깝게도 가끔은 세월에게 간 맞추는 감을 조금은 빼앗기지 않았나 싶을 때도 있다). 삼시 세끼에 보태 새새 입이 심심한 식구들이 보챌 틈도 없이 먹고 싶은 음식들을 말 그대로 뚝딱 해주셨다.

만두 먹고 싶다.
그럼, 이따 김치 넣고 해 먹지 뭐.

우리 갈비 먹은 지 좀 되지 않았나?
재 놨다가 이번 주말에 구워 먹자.

엄마는 한 번도 식구들이 먹고 싶다는 음식을 흘려듣지 않았다. 하기 어렵다거나 귀찮다는 말도 들은 기억이 없다(그래서 어린 시절에는 엄마면 모두 그렇게 되는 줄 알았다. 하루 세끼 밥하는 일과 식구들을 위해 음식을 만드는 일이 만만치 않다는 것은 결혼하고서야 알았다).

냉장고에 별다른 재료가 없는 것 같은데도 신기하게도 맛있는 음식이 나왔다. 지금도 아이러니인 것이 친정에 가면 비어있는 엄마의 냉장고에서는 뚝딱뚝딱 음식이 나오는데 꽉 찬 내 냉장고에는 아무리 뒤져도 마땅한 반찬이 없다.

엄마 음식 중 최고를 꼽으라면 두 가지 음식 중에 고민하게 된다. 연탄불 화덕에 석쇠를 올려놓고 간장양념에 잘 재워진 고기를 올리면 익을 때까지 기다리기 어려웠던 돼지갈

비와 타타타닥 도마 위로 칼 내리치는 소리와 함께 머릿속에 그려지는 맛에 침이 넘어가던 만두. 용호상박이지만 승자는 만두다.

여름이고 겨울이고 계절에 상관없이 방학만 되면 엄마는 밀가루를 푸대로 사들이셨다. 밀가루로 할 수 있는 거의 모든 음식을 방학 내내 먹었지만, 방점은 늘 만두였다.

엄마가 만두를 만드는 순서는 이렇다. 먼저 만두피 반죽을 해서 비닐에 잘 감싸 냉장고에 넣어둔다. 다음으로 만두소를 만든다. 고기비린내를 싫어하는 식구들의 취향 때문에 묵은 김장김치만 잘게 다져 꼭 짠다. 두부는 면보에 감싸 물기를 없앤 후에 손으로 잘게 부순다. 숙주와 당면은 물에 데쳐 적당한 크기로 잘라준다. 특별할 것 없는 재료들이 다 준비되면 커다란 은색 스텐 그릇에 모은다. 거기에 갖은양념을 넣고 골고루 섞으면 소는 완성이다.

소가 완성되면 냉장고에 넣어두었던 반죽을 적당한 크기로 자른다. 도마 위에 밀가루를 뿌리고 반죽을 손바닥으로 밀면서 긴 원기둥 모양을 만든다. 일정한 굵기로 똑똑 썰어 밀대로 납작하게 펴준 다음 적당히 속을 채워 손가락으로 꾹꾹 눌러 모양을 만든다.

그렇게 만들어진 만두는 선택에 따라 다른 맛으로 즐길 수 있었다. 김이 모락모락 나는 찜솥에 넣어 말랑하게 익힌 뒤 간장을 곁들여 먹는 짭조름한 찐만두, 탁탁 튀는 기름에 노릇하게 튀겨 양손으로 번갈아 쥐고 후후 불며 바삭하게 먹는 튀김만두, 맑은 소고기 육수에 끓여 숟가락으로 반을 갈라 국물을 넣어 먹는 맛이 좋은 만둣국.

만두를 생각하면 부러 요리하는 엄마 옆에 알짱거리거나 잔심부름을 하는 척하다 막 쪄낸 찐만두나 기다란 나무젓가락으로 금방 건져 올린 튀김만두를 제일 먼저 맛보는 즐거움에 행복했던 그 순간도 같이 떠오른다.

언제부턴가 기억 속의 음식이 엄마가 되기도 하고 엄마가 음식이 되기도 하는 환각을 경험한다. 그 둘이 섞이는 과정에서 엄마가 해줬던 음식들이 선명하게 떠오른다. 건강에 좋다고 아침마다 의무적으로 먹게 했던 케일의 쓴맛, 마른오징어를 물에 불려 노란 튀김옷을 입혀 튀겨주었던 오징어튀김의 바삭함, 직접 콩을 삶고 콩물을 짜내고 간수를 넣어가며 만들어주셨던 따끈한 두부의 고소함 등등. 엄마가 만들어주었던 음식이 바로 사랑이었음을 조금은 짐작할 수 있다.

그래서 그건 좀 미안하다. 아들에게 나처럼 '엄마' 하면 떠올릴 음식을 만들어주지 못한 것과 뭔가 먹고 싶다고 말할 때마다 내가 편하고 싶은 욕심에 '배달시켜'라고 쉽게 말한 것.

그래도 뭐, 생각해보면 굶긴 건 아니지 않니.

Ballet

궁금하다

여행서 하나 들고 혼자 떠났던 때, 말라카에서 한국인 여행자를 만났다. 우린 둘 다 여자였고 배낭 하나 짊어진 이십 대였다.

한국인이시죠?

눈이 마주쳤고 동시에 훅 들어온 질문에 나는 고개를 끄덕였으며 낯선 곳에서 같은 나라 사람이라는 동질감이 두 사람 모두를 관통하는 순간이었다.

말레이시아에서 한국인은 처음이에요.
저도.

나보다 어렸던 그녀는 상업계 고등학교를 졸업하고 삼성그룹 임원 누군가의 비서실에서 일하는 직장인이었다. 사교

성이 좋은 탓인지, 사회성을 일찍 얻은 덕인지 본인만 빼고 모두 전문적인 능력을 갖춘 선배들이라며 아무래도 야간 대학에 진학해야 할 것 같다는 내밀한 이야기를 포함해서 여행 동기, 만났던 사람들, 숙소 등에 관한 이야기를 반나절 내내 풀어놓았다. 이야깃거리가 거의 떨어져 갈 즈음에서야 일면식도 없던 이에 대한 알람이 울렸던 모양이었다. 서둘러 다음 일정을 핑계 삼아 자리를 정리할 때가 처음 만났을 때보다 데면데면했다. 그냥 돌아서기가 민망해서였는지 싱가포르에서 넘어오는 길이라는 그녀는 몇 군데를 추천해주고는 좋다고 꼭 한번 들려보라고 했다.

좋다는 말에 호기심이 동했다. 다른 사람에게 '좋다'라는 말을 할 때 거기에 어떤 것이 포함되어 있는지가 궁금해졌다. 말레이시아에서 싱가포르로 가는 방법은 간단했다. 조호바루에서 출발하는 기차. 기차로 국경을 넘은 다음 케이블카를 타고 센토사섬으로 갔다. 케이블카에서 내린 관광객들 뒤에 붙어 수족관을 한 바퀴 돌았다. 거대한 수족관에 헤엄쳐 다니는 물고기가 많기는 했지만, 그뿐이었다. 수족관을 나와서는 발길이 향하는 대로 걸었다.

걷다 걷다 걷기를 포기하고 싶다는 생각이 절실했을 때 앉아서 공연 구경하는 사람들을 발견했다. 사막에서 오아시스를 발견한 기분으로 의자 하나를 차지하고 앉았다. 선사시대 사람들 복장을 한 공연자들이 열심히 연기하고 있었다. 공연이 길고 길어 충분히 쉴 수 있기를 바랐으나 다리의 통증을 채 잊기도 전에 공연이 끝나더니 다음 공연 시간 안내를 했다. 에라 모르겠다 정신으로, 다른 사람들은 다 나가도 여기서 좀 더 쉬었다 가겠다는 마음으로 눈을 감고 버티고 앉아 있는데 누가 말을 걸어왔다.

어디서 왔어?
나? 한국.
어, 나 한국말 아는데. 얼마 전에 배웠어. 윗도리.

여길 찾은 관광객에게 배웠다는 한국말들을 굳이 내 앞에서 복습하는 사람은 센토사섬에서 아르바이트로 공연을 하고 있다는 대학생이었다. 낯선 여행자에게 먼저 말을 거는 사람들은 대부분 이야기하는 것을 즐기는 부류라는 것이 나의 생각인데 역시, TMI에 가까운 긴 이야기 끝에 센토사섬을 안내해 주겠다고 했다. 어디를 구경했냐고 묻더니 대뜸 머라이언으로 가자는 것이었다. 문을 닫았을 수도 있지만 자기가 부탁하면 볼 수 있을지도 모른다며 나를 재촉했다.

그가 말한 곳은 전망대였다. 앞을 지키고 있던 직원과 말을 주고받더니 나한테 그냥 들어가도 된다며 손짓을 했다. 머라이언을 매일 볼 싱가포르 사람이 처음 온 나보다도 더 들떠 하는 상황이 좀 애매하기도 했지만, 덕분에 좋은 구경을 할 수 있었다.

하지만 전망대에서 내려와 다음엔 어디에 가고 싶니, 라고 묻는 그와 헤어질 생각으로 숙소가 있는 말레이시아로 돌아가야 한다고 했다.

그래? 그럼 내가 기차역까지 같이 가 줄게.

거절을 거절하는 해맑은 표정에 나는 더 괜찮은 핑곗거리를 찾지 못해 같이 케이블카를 타고 싱가포르 시내로 나와 기차역으로 가는 길을 걸었다.

사실 내 꿈은 발레리노야. 저기 저 높은 빌딩 보이지. 우리 아빠는 저기서 일해. 나는 아빠가 자랑스러워. 저쪽에 보이는 항구 있지. 조금 있으면 거기서 해군으로 있어야 해. 갔다 와서는 계속 춤추고 싶어.

처음 보는 이와 걷다가 갑자기 자신의 꿈을 이야기하는 그가 낯설었다.

발레?

어.

내가 발레가 무엇인지 모른다고 생각해서였는지 그는 걸음을 멈추고 길에서 춤을 췄다. 당황한 것은 내 쪽이어서 주위를 두리번거렸다. 아무도 우리를 신경 쓰지 않았고 그도 지나는 사람들을 개의치 않았다.

나는 춤이 좋아. 춤추면서 살고 싶어.

그 말에 단순한 오지라퍼라고 생각했던 그가 다시 보였다. 좋아하는 것이 있고 누구 앞에서든 당당히 말할 수 있으며 보여줄 수도 있는 사람. 나는 진심으로 대답했다.

그래. 춤을 좋아하는구나. 좋은 게 있구나.

이후로 그는 내가 꿈이나 좋아하는 일에 대해 생각할 때 떠올리는 두 인물 중의 한 명이 되었다. 이십 대였던 그 시절엔 나도 저렇게 평생 하고 싶은 일을 찾았으면 좋겠다는 마음이 전부였다. 그런데 지금은 가끔 내가 여전히 꿈을 가져도 좋은 나이인지 무엇을 원해도 되는 시기인지에 관해 의기소침해질 때가 많다. 그래서 정말 궁금하다.

진짜 발레리노가 되었니?

복
화

새옹지마에서는

고사성어 책에 재미를 붙였던 적이 있었다. 고사성어마다 삽화도 있고 기승전결이 있는 짤막한 길이의 탄탄한 옛날 이야기가 따라붙는 구성이었다. 복잡한 책에 집중하기 어려울 때 집어 누워 뒹굴뒹굴 읽기에 그만이었다.

중국 변방에 노인 한 분이 살고 있었다. 어느 날 노인이 기르던 말이 국경을 넘어 오랑캐 땅으로 도망쳤다. 노인이 걱정된 이웃 주민이 찾아왔다.

어르신 기르던 말이 도망쳤다면서요. 걱정이 많으시겠습니다.

그러나 노인은 걱정하는 이웃들과 달리 덤덤히 말했다.

이 일이 복이 될지 누가 압니까?

그로부터 몇 달이 지난 어느 날, 도망쳤던 말이 암말 한 필과 함께 돌아왔습니다. 이번에도 이웃들이 찾아왔다.

말씀대로 되었습니다. 축하드립니다.

하지만 이번에도 노인은 덤덤했다.

이게 화가 될지 누가 압니까?

며칠 후 노인의 아들이 그 말을 타다가 떨어져 다리가 부러졌다. 이번에도 이웃들은 노인에게 위로의 말을 건넸다.

이게 복이 될지도 모르는 일이오.

얼마 후 오랑캐가 쳐들어왔다. 나라에서는 젊은이들을 모두 전쟁터에 나가게 했다. 하지만 노인의 아들은 다리가 부러져 전쟁에 나가지 않아도 되었다.

이 이야기에서 '새옹지마'라는 사자성어가 생겨났다. 당장 눈앞에 일어난 일만 보고 그것에 연연하지 말라는 뜻이라고 친절하게 해석이 달려있었지만, 선뜻 와닿지는 않았다.

불운과 행운이 교차로 인생에 끼어든다. 그런데 사실 그것이 정확히 불운인지 행운인지는 알 수 없다. 안개처럼 모호하다. 오직 노인만이 평상심을 유지한다. 원하는 결말을 위한 설계에 따라 만들어진 이야기라 별다른 흥미를 느끼지 못했고 금방 잊겠지 하고 생각했다.

다음 전개가 반전인데 생각과 달리 이야기에 발목이 잡혔다. 할아버지의 마음이, 진짜 마음이 무엇이었는지 지켜보고 싶었다. 그 입장에 서본다면 그것이 가능하지 않을까. 이후부터 일어나지 않은 일들을 생각으로 만들어내는 습관이 생겼다. 좋은 일이 생기면 뒤따라올 수 있는 나쁜 일들을 상상했고 나쁜 일을 마주하면 언젠가 올 수도 있는 가장 좋은 것에 대해 생각했다. 미리 걱정하고 나쁜 일을 상상하는 것이 진짜로 그런 일이 일어나지 않게 하는 만드는 유일한 방법이 아닐까. 불행을 더 큰 불행에 관한 상상으로, 상상하는 것만으로도 막을 수 있고 할 수 있는 유일한 방법이 아닐까.

참 우습게도 그런 반복적인 경험이 나를 노인과 비슷하게 만들어 버렸다. 좋은 일에도 앞으로 올지 모를 불행을 생각하니 기뻐할 수 없었고 이보다 더 나쁜 일이 있을까 싶은 상황에서도 곧 좋은 일이 생기겠지 하면서 충분히 슬퍼하지 못했다.

이게 좋은 것이냐 하면 전혀 그렇지가 않다. 희로애락이라는 감정을 충분히 보여주면서 살아야 인간적인 면을 갖추게 되는데 이건 애초에 감정 따위는 필요 없는 것이라고 말하는 것과 다르지 않기 때문이다. 정말 재미없는 사람이 되는 지름길이다.

내가 왜 덜 인간적인 사람인지에 대한 변명을 꽤 거창하게 해버렸다. 그래서 길고 지루한 변명을 늘어놓고 기껏 이 한마디를 하자고 이 글을 쓴 거야 하고 불평할 사람들을 위해서 덧붙이자면 새옹지마 이야기를 나처럼 답습할 필요는 없다.

아주 작은 소원입니다

안녕하세요? 저는 ○●○방송국 리포터 □■□입니다. 창사 10주년을 맞아 특집 프로그램을 준비하고 있는데요, 그 프로그램에 담을 인터뷰를 시민 여러분을 대상으로 진행하고 있습니다.

질문은 「어디든 원하는 곳에 보내주겠다고 누군가 제안한다면 당신이 지금 가장 가고 싶은 곳은 어디입니까?」입니다.

인터뷰에 응해주시겠습니까?

저요? 음, 한여름 나무 아래요.

단지, 나무 아래요?

솔직히 그냥 나무 아래는 아니에요. 비가 오면 그렇잖아요. 햇빛은 강하고, 바람은 조금 있는 날의 나무 아래인 거죠. 그래야 제가 그늘에 누워 있어도 춥지 않고, 살랑거리는 바람이 있어야 저절로 눈이 감기고 잠이 솔솔, 올락말락 하면서 기분이 좋아지거든요.

아, 그리고 나무에서 벌레가 뚝 하고 떨어지면 절대 안 돼요. 제가 다리가 많이 달린 벌레는 정말 싫어해요. 나무에서 떨어져서 뒤집힌 벌레 본 적 있으시죠? 실처럼 가느다란 다리들이 공중에서 허우적거리는 모양새를 보고 있으면 살려 달라고 애원하는 것 같아서 죽일 수도 없어요. 그렇다고 내 몸에 기어오를 수도 있는데 그걸 살려 두기도 어렵잖아요. 제가 불교 신자는 아닌데 초파일에는 그래도 절에 가서 등도 달고 그러거든요. 불교에선 원래 살생을 하지 말라고 하니까 될 수 있으면 안 하려고. 그러니까 나무에는 애당초 벌레가 한 마리도 없어야 해요. 살아 있는 거 자꾸 죽이고 그러는 건 좀 그러니까.

하지만 새는 울어도 돼요. 단, 너무 가까이에서 시끄럽게 울면 안 되죠. 기껏 바람에 간질간질 기분이 좋아지려고 하는데 새가 시끄럽게 울어댄다면 신경이 곤두설 수 있잖아요. 거기다가 새가 똥이라도 싸면 어떡해요. 눈 감고 있다가 말 그대로 마른하늘에 날벼락인 꼴이 되잖아요.

뭐, 이 정도만 갖춰진다면 전 어디라도 좋아요.

아니, 잠깐. 빠뜨린 것이 있네요. 주위에 사람이 한 명도 없어야 해요. 나이든 여자가 대낮에 나무 그늘에 누워 있는걸 보인다는 게 좀 그렇잖아요. 또 요즘 험한 뉴스를 하도 많이 들어서 그런지 사람이 있으면 더 불안한 마음이 앞서더라고요. 물론 모기도 없어야죠. 제가 모기에 물리면 쉽게 성이 나는 체질이거든요. 모기약이다 퇴치제다 아무리 뿌려도 잘 듣지를 않아요. 무조건 안 물리는 것이 최선의 방어책인 거죠.

그리고, 이것까지 바라는 것은 좀 그렇지만 파리도 없으면 좋겠어요.

설마, 지금 제가 너무 까다롭다고 생각하시는 건 아니시죠? 다른 사람에 비해 제가 저만 생각해서 까다로운 요구를 하는 건 절대 아니라고 생각해요. 저도 물론 누가 어디든 보내줄 수 있다고 하면 스위스의 융프라우나 볼리비아의 우유니 사막, 아니면 탄자니아의 세렝게티 초원을 얘기할 수도 있어요. 하지만 제가 다른 사람에게 폐 끼치고 하는 걸 싫어하거든요. 저를 그 먼 곳까지 보내주려고 하면 제 돈이 드는 것은 아니지만 엄청 큰 비용이 들잖아요. 그래서 전 그냥 나무 아래면 만족한다는 거죠. 제가 나무 그늘에서 뭘 하려는 건진 아시겠죠?

낮잠을 자고 싶으신 건가요?

네, 맞아요. 전 그냥 낮잠을 즐기고 싶어요. 그러면 방송국에서 돈 많이 안 써도 되잖아요. 그렇죠? 제가 이렇게 저만 생각하는 사람이 못 되거든요. 이 정도의 아주 작은 것을 바라는 것뿐인데 거기에 파리가 없었으면 좋겠다고 한다고 해서 저를 염치없이 자꾸 뭔가 요구하는 사람으로 보시면 안 되죠. 경험이 있으시겠지만, 기분 좋게 누워 있는데 파리가 얼굴주위에서 날개 붕붕거리고 날아다니다가 얼굴에 앉아서 간질간질하면 누워 있다가도 벌떡 일어나서 파리채를 찾아 끝장을 봐야지만 되잖아요. 그때까지 기분 좋았던 것이 순식간에 싹 사라지는 거죠.

이렇게까지 솔직히 얘기해도 되나 싶은 마음이 들기도 하지만, 이것 정도는 괜찮겠죠? 제가 등산을 싫어해요. 평소에 운동이 부족해서인지 조금만 높은 데를 올라가도 숨이 턱까지 차서 그런 것도 있지만, 그보다도 산에 가면 떼로 달려드는 날벌레들 때문이거든요. 아무리 손사래를 쳐도 이 녀석들이 도망을 안 가요. 제가 특별히 심각하게 아픈 곳이 있는 것은 아닌데 귀에서, 왼쪽 귀에서만 저벅저벅 누가 걸어가는 것 같은 이명에 시달리거든요. 그래서 소리에 좀 예민해요. 그런데 이놈의 날벌레들은 귀 주위로만 몰려드는 거예요. 본 적이 있으시겠지만, 고것들이 하나씩은 엄청 작아서 아무것도 아닐 것 같은데 떼로 날아다니니깐 귀에서 '윙윙' 소리가 나요. 이게 아주 사람을 미치게 한다니까요. 왜 고문 중에서도 이마에 물 한 방울을 계속 똑똑 떨어뜨리는 것이 제일 견디기 어렵다고 하잖아요. 처음엔 별거 아닌 것 같지만 나중에는 사람을 미치게 한다고. 날벌레들 소리가 꼭 그렇다니까요. 거기다가 사람을 차별하는 건지 벌레를 싫어하지도 않는 남편 옆에는 가지도 않으면서 말이죠.

뭐, 더 얘기하려고 하면 더 할 수도 있지만 저는 저만 생각하는 사람이 못 돼서 여기까지만 할게요. 제가 원하는 건 간단해요. 금방 알아들으실 수 있겠죠? 찾기도 금방 찾을 거예요. 이 정도만 갖춰진다면 전 거기가 어디라도 상관이 없어요. 꼭 거기에 가고 싶다니까요. 아니, 가고 싶은 것이 아니라 그런 곳이 있으면 어떻게든 갈 거예요.

근데, 다른 사람들은 어디로 가고 싶다고 했어요?

거짓말 허용구역

29인승이라고 적힌 버스는 보조 의자까지 전부 펼쳐 정원을 꽉 채우고야 출입문을 닫았다. 짙은 선글라스의 운전기사 아저씨는 안내 멘트 하나 없이 출발했다.

버스는 마을버스 정류장이라고 적힌 곳을 핸들 한 번 꺾어 벗어나더니 좁은 급경사 길로 들어섰다. 크게 휘청이는 바람에 모르는 사람들과 부딪혔지만 제대로 된 비명 한번 내뱉지 못했다.

'어…어…'

안전속도쯤은 가뿐히 잊은 버스는 단음절만 반복하게 했다.

잠시 후에 그나마 창가 자리가 아니라 절벽 같은 아래를 보지 않아도 된다는 사실에 감사할 수 있는 여유를 찾았다. 무심하게 핸들을 돌리는 운전사의 뒤통수에 시선을 고정하고 앞 좌석 등받이를 손으로 꽉 잡고 버텼다. 못 참을 만큼 긴 시간은 아니라 다행이었다. 내릴때는 조금 더 이성을 챙겨서 사람들을 따라 기사 아저씨에게 인사도 했다. 대신 아주 작은 소리로.

내리고 보니 작은 주차장과 화장실만 보였다.

어라? 왕복 2,000원이라는 차비를 내고 기껏 올라왔더니 절 앞까지도 안 가네.

속은 기분이었다. 일정에 없던 장소였다. 독일마을에 들렀다가 길에서 보이는 '보리암'이라는 이정표만 보고 저곳도 유명하다는데 한 번 가볼까 하는 일행의 말에 들어선 길이었기에 사전 정보가 전혀 없었다.

고개를 좌우로 돌리며 표지판을 찾았다. 절까지 얼마 남았다는 표시는 없고 망설임 없이 한 줄을 만들어 걷는 사람들만 보였다.

그래, 이정표가 없는 걸 보니 조금만 걸어가면 되는 모양이지.

평지 걷는 것은 나름 잘 버티지만, 오르막 내리막이 있는 등산에는 맥을 못 추는 터라 내키지 않는 걸음을 오로지 일행의 즐거움을 반감시키지 않기 위해 옮겼다.

"버스까지 타고 왔는데 많이 걷지는 않겠지?"
"저기 봐, 저런 쪼끄만 애들도 갔다가 오는데 멀기야 하겠어? 근데 확실히 높이 올라와서 그런지 공기는 좋은 것 같다. 그치?"

서울서 살다 온 사람도 아니고 허구한 날 시골서 사는데 웬 공기 타령인가 싶었으나 인내심을 가지고 대꾸했다.

"그래. 공기가 차갑기는 하다."

이쯤에서 나타나 주었으면 하는 절 대신 매표소가 먼저 보였다. 주차료 4,000원을 내고 버스비로 2,000원을 낸 다음 다시 입장권을 사야 한단 말인가. 가지 말자는 말을 혀 밑에 꾹꾹 누르고 물었다.

"얼만데요?"

매표소에서 받은 입장권을 검표원 아저씨한테 건네주고 사람들이 사라지는 길에 스며들었다. 예상과 달리 길은 내려갔다 올라갔다만 반복하며 절의 처마 끝조차 보여주지 않았다. 숨이 가빠왔다. 다리도 아팠다.

"인터넷 찾아봐. 절까지 얼마나 남았는지."
"참, 저질 체력이다. 기다려봐. 겨우 15분 걸린단다. 조금 만 가면 나올 거야."
"15분? 벌써 넘지 않았어? 아이, 난 이럴 줄 알았으면 안 왔다. 안 왔어."

노란 흙길처럼 노래진 얼굴로 벽을 잡고 억지로 걸었다. 지나가는 사람들이 보기에도 안됐다 싶었는지 등산객이 제일 많이 하는 거짓말을 했다. 조금 남았어요, 다 왔어요, 바로 저기에요. 믿을 것 못 된다 생각하면서도 진짜 다 왔는지도 모른다는 정말 실낱같은 희망에 의지해서 딱 한 걸음만 더 하는 마음으로 걷는데 드디어 건물이 보였다.

"뭐야? 이거 절 아니었어?"
"매점이네. 절은 저 아래로 더 가야 하나 봐."

그 '저 아래'는 계단밖에 보이지 않았다.

검은 철제 계단만큼 까매져 가는 내 머릿속을 알기는 하는지 일행은 여기저기 살피더니 얘기했다.

"저 위로 올라가면 또 뭐가 있는 것 같은데?"

"아, 몰라. 그냥 절에만 갈래. 저 위에 올라갔다 다시 내려오는 것 미션임파서블이야."

"알았다. 알았어."

서먹해진 분위기에 말없이 다다른 계단의 끝은 초록의 바다였다. 산의 초록이 끝나는 곳에서 시작되는 진짜 바다. 구름 한 점 없는 파란 하늘에는 새까만 까마귀 떼가 몰려다니며 그림처럼 박혔다가 나무 위에 내려앉았다.

그래, 이걸로 퉁 치자. 여기까지 오느라 좀 힘들었지만 뭐…….

"이리 와봐. 저기로 가면 해수관음상이 있대."

"뭐야? 또 계단이야?"

가파른 계단 아래 해수관음상이 보였다. 이곳에 올 일이 두 번은 없을 것이라는 확신이 들었다. 한 번 왔을 때 모두 끝내고 가야지 하는 생각으로 난간을 붙잡고 내려갔다. 떡 본 김에 제사 지낸다고 복전함에 천 원짜리 한 장을 밀어 넣으며 절까지 했다.

일행과 앉아서 기막히게 아름다운 풍경에 감탄하는데

불편한 다리 때문에 계단 난간을 잡고 한 칸 한 칸 겨우 내려오는 어르신들의 무리가 눈에 띄었다.

'해수관음성지'라고 세워져 있는 간판 때문이었을까 아니면 나처럼 그저 오늘 끝장을 보자 하는 마음일까. 등 돌리고 있어서 해수관음상은 저런 정성도 모를 텐데.

"다 오셨어요. 조금만 힘내시면 되는데."

다시 계단을 오를 때 중간쯤 주저앉아 계시는 어르신들을 보고 그냥 지나치지 못하고 한마디 거들었다.

"그래요. 고마워요."

내 코가 석 자인데 남 걱정은 하는 생각이 들면서도 고맙다는 말에 뭔가 뭉클한 것이 느껴졌다.

돌아오는 길엔 얼마나 걸어야 하나 하는 생각으로 조바심을 내지 않았다. 매점에서 산 음료수를 따서 한 모금 마시자 다시 힘이 솟았다. 한껏 올라간 기분으로 여유롭게 내려오는데 부모님과 실랑이 하는 아이가 보였다.

어린아이는 가기 싫다고 떼를 쓰고 있었고 아빠는 진짜 조금만 가면 된다고 아이를 달래고 있었다.

"진짜 아빠 말이 맞아. 다 왔어. 저기만 돌면 되는데."

또 지나치지 못하고 부자에게도 뻔한 거짓말을 건네고 말았다. 아이는 나를 빤히 쳐다보다가 아빠 말이 맞잖아 하는 말에 속아 다시 아빠 손을 잡고 걷기 시작했다.

미안하다. 사실은 아직 멀었어. 다 왔다고 조금만 가면 된다고 하는 아빠 말은 다 거짓말이야. 계단도 진짜 많아.